一个人，遇见一本书

木内 昇

直木奖获奖作家作品

赵楠婷 赵 翻 杨晓钟·译

よこまち余話

横町余话

陕西新华出版传媒集团　陕西人民出版社

图书在版编目(CIP)数据

横町余话/(日)木内昇著;赵楠婷,赵翻,杨晓钟译. -- 西安:陕西人民出版社,2019
ISBN 978-7-224-13175-8

Ⅰ.①横… Ⅱ.①木…②赵…③赵…④杨… Ⅲ.①长篇小说—日本—现代 Ⅳ.①I 313.45

中国版本图书馆 CIP 数据核字(2019)第 064831 号

著作权合同登记号　图字:25-2019-250

YOKOMACHI YOWA
BY Nobori KIUCHI
Copyright © 2016 Nobori KIUCHI
Original Japanese edition published by CHUOKORON-SHINSHA, INC.
All rights reserved.
Chinese (in Simplified character only) translation copyright © 2020 by Shaanxi People's Publishing House
Chinese (in Simplified character only) translation rights arranged with CHUOKORON-SHINSHA, INC. through Bardon-Chinese Media Agency, Taipei.

横町余话

作　　者	(日)木内昇
译　　者	赵楠婷　赵　翻　杨晓钟
出版发行	陕西新华出版传媒集团　陕西人民出版社
	(西安北大街 147 号　邮编:710003)
印　　刷	陕西龙山海天艺术印务有限公司
开　　本	787mm×1092mm　32 开
印　　张	6.5
字　　数	150 千字
版　　次	2020 年 1 月第 1 版
印　　次	2020 年 1 月第 1 次印刷
书　　号	ISBN 978-7-224-13175-8
定　　价	49.90 元

如有印装质量问题,请与本社联系调换。电话:029—87205094

目 录

御借婆之夜 001
捷径之光 013
花瓣与天神大人 023
襦袢竹、路面花 037
雨神 047
夏枯 059
晦日糕点 069
西市之夜 083
扫尘与讨伐 099
猿田彦的足迹. 111

远野君 127
品性与威严 137
抽屉里的放大镜 149
篱笆上的花朵. 159
甚于绽放 173
夏橘与水羊羹 181
重启之日 191
参考文献 203

御借婆①之夜

巷子宽约六尺，细细地向东西两向延伸。东面尽头有一段石阶，由两株银杏左右庇护，与天满宫②的神宇相接。西侧尽头是一户宅邸的后墙。沿着这面土墙有条南北向的小径，通往大街。或许是有了宅邸和神社的阻隔，街市的喧嚣在此匿迹。

巷子中间是一条石板路，两边是泥土地，摆满了各种盆花。这些盆花都是巷子两旁的长屋住户们所喜爱的。眼下正是矶菊和甘蓝开得正好的时节。

长屋南面有五户，北面有七户。南面靠近神社的两户这几年一直空着。由于屋舍年久失修，但凡有人搬走便很难再有人来住。也有被掮客带过来看房子的，但多半苦笑着留下

---

① 御借婆：流传于日本关东一带的妖怪。传说每年的12月8日或次年的2月8日夜晚，常与独眼小妖出没，挨家挨户借蓑衣。
② 天满宫：日本祭祀菅原道真的神社。菅原道真亦被称作天神大人，被信奉为学问之神。

一句"这屋子要不大修的话……"便再无下文。

或许是入冬后各家大门紧闭的缘故,午后还很早,四下便悄无人声。只有玳瑁色的光线斜斜射入。偶有雁声潜入,在巷子里依稀回荡。

东面石阶上有声音响起。是木屐声。

一个肩背包裹的青年正在下石阶,仿佛在逐级确认石头的触感似的,小心而谨慎。真丝捻线䌷夹衣①外套着绉绸羽织②,戴了一顶路考茶色鸭舌帽。当他踏上巷子的石板路时,重新背了背滑落的包裹,便步履轻快地往前走。咔嗒咔嗒,木屐齿奏出清脆的音符,向四面溅开。一直走到西面尽头的长屋前,青年才停下脚步。进门之前,他从旁边的格子窗悄悄往里看了一眼。

一个只有三叠③的小房间。窗户正下方的裁剪台前,一个穿着条纹铭仙绸和服的女人正在运针走线。她指法顺畅,仿佛远处有东西在牵引着似的,没有半点停顿。做针线活的人大抵都会身体前倾,含胸弓背。而她腰杆挺直,如同头顶有一根看不见的线牵拉着一般。

青年拉开玄关的拉门,朝屋里喊:

"承蒙关照。我是井崎屋的。您要的东西,我给您送来了。"

---

① 夹衣:有衬里的和服。
② 羽织:套在和服外面的外褂。
③ 三叠:叠是用来数榻榻米张数的量词,三叠为三张榻榻米大小。

他摘下鸭舌帽，卸下肩上的包裹，还没等屋里人回应，就一屁股坐在玄关的地台上。

工作间位于玄关的左手边，除了朝巷的格子窗外，还在西墙上开了扶手窗①。玄关的正对面是一间六叠大小的会客间。再往里是厨房，不过青年一次都没进去过。

"这么冷的天，还劳烦您跑一趟。"

障子门②后面传来一个女人的声音，宛若滑落在清水里的一滴墨，缓缓地扩散开来。

出江是她的名字，以做女红为生。正儿八经的和服缝制、街坊邻里的小缝小补都会找她。她似乎一直有做不完的活儿，几乎每天都在裁剪台前度过。格子窗前做女红的笔直身影，对长屋的人们来说是一道再熟悉不过的风景。她精湛的手艺也被众人称道。

年纪在三十五岁左右，或者更大，但应该不到四十。梳得一丝不乱的黑发衬得乳白色的肌肤愈发白皙。

"那个，最后怎么样了？"

从工作间出来的出江匆匆打了个招呼，就直奔主题。

"哎呀，说是不容易啊。虽说我们家是从江户延续下来的丝线老铺，可如此要求还真是头一回见哪。啊，这是我家老爷子说的。"

---
① 扶手窗：日式房间的一种窗户。窗户离地面高度为坐在地上，胳膊肘能架在窗台上。
② 障子门：日式房间糊纸的木框拉门。

青年的眉间挤出几道深深的沟壑,但是看到出江失落地垂下双肩,忍不住扑哧一声笑了。

"这可是井崎屋啊,怎么说也有百五十年的历史了。老匠人们铆足了劲儿,总算做出来了。"

他解开身旁的包裹,从里面取出一束绣线。

出江的脸一下子明亮了。她轻快地起身,从工作间捧了一件棉袄出来,将绣线放在领口比了比,欢快地说道:"正好呢!"

棉袄的黑领子上绣着桔梗。绣线是发暗的香色①。

"原来如此。这线是为了配这个刺绣的颜色吧?香色里稍混了点利休鼠色②,妙极了。"

青年凑近看了看,又歪着头有些疑惑:

"话说回来,领口绣花,您的这位客人也挺奇怪的。"

棉袄像是用男式条纹和服改做的,配上领口的桔梗刺绣,显得极不相称。刺绣似乎是直接绣上去的,怕是连底样都没画过。花样和形状都显笨拙,且左右不对称。右边的领子绣满了桔梗,左边的只绣了一半,像是中途生厌放弃了似的。

"这位客人该不会让你把这半边领子绣完吧?"

"不是的,是棉袄翻新。说是妹妹之前一直在穿,现在妹妹不穿了,姐姐想拿过来穿。"

---

① 香色:日本传统颜色之一。茶褐色。
② 利休鼠色:日本传统颜色之一。发绿的灰色。

"是吗？小的捡大的穿还说得过去，这大的捡小的穿还真没听说过。"

况且还是这么破旧的棉袄。青年倒吸了一口气，他无意中朝会客间瞟了一眼，吓了一跳。

会客间的圆形火盆面前，一个老婆婆正在打盹。青年心里犯嘀咕，刚才进来的时候，没看见她在啊。他朝里面伸出半个头，开玩笑道："又来了呀，止婆。您可不能妨碍出江做活啊！"

老婆婆睁开一只眼，没好气地回了一句："那是因为这里比我家暖和。"

止婆就住在出江家对面。房间格局完全相同，而且都向西开了扶手窗，阳光充足，论舒适度与出江家并无两样。青年回应着："是吗？"内心却觉得可笑，不过是为了节省点炭钱罢了。

"拿棉袄过来的姑娘约莫十六七岁。如今这个岁数的姑娘连夹棉的翻新都不会，这世道怕是要完咯。"止婆夸张地叹了一口气。

"没有这回事呢！说是想穿得久一点，所以才拜托给我的。"出江赶紧替客人说话，"既然是客人如此珍惜的东西，就想着把这不对称的领子也一起绣了。想来会好看很多吧？"

给领子绣花的姑娘起初用了香色绣线。时间一长，绣线有些发黑了。如果用新线来绣的话，会显得很突兀。考虑到这一点，出江就特意找井崎屋定做了一个颜色。

"简直疯了，自找活干！又不会多付你钱。你还连线都专门给人家定做，真是不嫌麻烦。"

出江没接话。她把用奉书纸①包着的绣线钱轻轻往青年腋下一塞，正了正坐姿，鞠躬谢道："能够拜托这种小活儿的就只有井崎屋了。真是多亏有你们在。"

青年用食指挠了挠额头，没吭声。过一会儿，他低垂着头，拍了拍脖颈，说道："我父亲这一代还能接这种手艺活儿，可如今这种小活儿费时费工，都不得不缩减。前些日子连木屐带都换成人造丝的了，所谓的工业化吧。"

"你们店的口号不是'承接特殊定制'吗？"止婆从旁插了一嘴。

"那也是上一代之前的事了。沧海桑田啊，如今连同行们都互相扯后腿。只有我们家还一直在接细活做，最后落得这么个惨淡下场。要紧跟时代，适可而止才行啊。"

出江似乎没在听他说话，手指轻抚着黑领子的刺绣，像是在确认什么。她思索的时候会习惯性地转动套在中指上的顶针。

止婆抬起眼皮，盯着青年，问道："你多大了？"

"什么啊，突然问这个……二十有二了。"

止婆从鼻腔里发出"嗯"的一声，便从捻线绸袖兜里摸出烟管，娴熟地装上烟丝，拿起火钳麻利地夹起一块发红的木炭点上。随后摆出一副对青年已然无兴趣的表情，美滋滋地吸了起来。

---

① 奉书纸：一种纯白无皱的上等和纸。

腊月初八是年终之日，这一天必须得安生度过——每年一到十二月，止婆就会神秘兮兮，逢人便讲这句话。"尤其是天黑后，更不能胡闹。宜尽早睡下。工具、衣物等切不可晾在外面，否则就会被御借婆发现。"

止婆平日里唯我独尊、不信菩萨不信佛，所以她的这副胆怯模样在长屋住户们看来，恐怕新奇更多于恐惧吧？

"不听老人言，到时候就有你们哭的了。不管怎么说这都是自古流传下来的说法。在我老家，为了镇住御借婆，还要在屋檐下挂上带孔的竹篮。因为她是独眼妖，害怕多眼的东西。"

御借婆是年初和年末之日出现的妖怪，举着松明火把挨家挨户巡视，给不遵守习俗的人家带去灾祸。虽说如今大家都不迷信了，但这天晚上，巷子比平日更显安静。可能这位长屋最年长者的话，大家都有意无意地把它放在心上了吧？

出江却迟迟未睡，透过工作间的格子窗眺望着寂静的巷子。没有月亮。一切都被黑暗吞噬。纺织娘也早已停止了鸣叫，只有风吹过花盆的声音偶尔响起。

棉袄要赶在年货节前完工。她尽量不弄出声响，细细地拆着线。由于穿太久的缘故，面料已经变得又薄又软。虽说是在家穿的，但让一个年轻姑娘穿这个也未免太可怜了。经过翻新，再把右边领子绣完，至少会好看一些，姑娘也一定会喜欢。她在裁剪台前思忖着。

就在她把袖子翻过来准备抽棉絮的时候，微弱的灯光照出了一处奇怪的凸起。就在右手胳膊肘的地方，有一小块用同一面料缝出来的窝边。这种窝边在胸前或下摆处还比较常见，但是袖子里面的话，几乎不可能被人发现。又是刺绣又是窝边，还真是一件不同寻常的棉袄，出江用食指摩挲着窝边，心想。

细细一看，窝边的一侧已经有点绽线了，露出一点儿纸片。她转动着顶针，凝视了片刻绽开的线头。然后轻轻一拽，线就开了。

出来了一枚忌针节时求的手艺精进符，和一张折了好几层的便笺纸。出江犹豫了一下，打开来一看，稚嫩的字体密密麻麻地写了一面。本不想看，重新叠好缝回去，但是眼睛却不由得飞快追逐起文字来。

"希望我的裁缝手艺能变好。在能够缝制大件之前，我打算拿你练练手。你一年到头在我身边，就陪我玩一下吧。母亲和姐姐都不擅长针线活，所以我要加倍努力，争取日后能帮上忙。那样我就可以在她们面前炫耀一番了。"

出江的嘴角有了笑意。从和棉袄的对话中，一位调皮女孩子的身影跃然纸上。一定是一位活泼又很懂事的姑娘。或许有时候还会神气活现地给母亲和姐姐说些大话，或许身体灵巧，跑步很快，又或许还会想出一些怪招吓唬朋友。

出江爱怜地摸了摸纸片，然后翻过来，将折痕抚平。

就在这时，格子窗外射进一道亮光，照得工作间宛如白昼般亮堂。

御借婆点着松明火把……

出江的身体一下子僵硬了，屏息窥视着窗外。

一个人也没有。

但是巷子被深蓝色的亮光笼罩，色度明显与刚才不同。抬头一看，一轮明月从云隙间探出头来，将窗棂的影子重重地拓在榻榻米上。

出江吐了一口气，看来是被止婆骗了。她苦笑了一下，再次将视线转回到纸片上。月光下，她突然发现了便笺纸背面淡淡的笔迹。是靠小洋灯微弱的灯光无法察觉的、默默隐藏着的文字。

"最后还有一个愿望。恳请您治好我的病。我没有朋友。还没有见过校舍。成天在屋里待着，已经厌倦了。不，我不敢奢望。只求能和姐姐去散步，哪怕一次也好。我想走很多的路，看很多花草、树木、猫狗，还有人。"

出江坐在那里久久未动。她回想起了小心翼翼地捧着棉袄来找她的那位姑娘白净的脸庞。

"这是我妹妹穿过的棉袄。对我而言是非常珍贵的东西，所以拜托给您了。"

姑娘低头深深鞠了一躬，额头几乎贴在了榻榻米上。

第二天一大早，出江在水井边碰到了止婆，悄悄在她耳边低语了一句："昨晚御借婆真的来过了。"止婆一听，得意得不行："果然！我说的没错吧？"然后又压低嗓音，"你没弄出什么动静吧？没什么灾祸降临到你头上吧？"

出江摇了摇头："还说灾祸呢，简直帮了我。不然还真发现不了！"然后，又小声嘀咕一句，"我可能有点自以为是了。"年货节那日，青年在东面石阶上遇到了外罩羽织的出江。摘下鸭舌帽的瞬间，青年注意到了她怀里圆鼓鼓的包裹："那个是，之前的那个？"

出江轻轻摇了摇头。

"怎么样？绣线和原来的颜色配吗？"

她做出一副无能为力的表情："那个，我放弃了……嗯，放弃了。"

看着不停地说着抱歉而远去的出江，青年嘴里嘀咕了一句："果然!"这年头，替别人操心，在别人看不到的地方下功夫，纯粹是吃力不讨好的事。不能再按父亲的老一套做了。比起精进技艺、承接零头小活，当务之急是要限定规格，进行量产——他一下台阶，一边数着不打算再做的丝线色号。呆板的他每下一步台阶，脑海里就浮现出一种色号来。

拜访完几家熟客，青年再次经过巷子时，格子窗内依然不见出江的身影，只有止婆在会客间里打盹儿。他拉开玄关的门，苦笑道："您又自己进来了。"止婆眯缝着一只眼，振振有词："她不在家，我是来帮她看火盆的。"

真是每次都会找各种借口，青年耸了耸肩。

"对了止婆，你听说了吗？上次的棉袄领子，最后还是没有绣。本来就应该这样，靠做针线活营生的本来就不容易，要是再把客人没要求的活儿都做了，那就真做不下去了。"

止婆拿起放在一旁的茶碗，大声吸了一口："完全不是你想的那样。不是因为不划算而放弃的。恐怕是有其他什么原因吧？"

"怎么回事？什么原因啊？"

"谁知道呢。"

问不出个究竟来，青年噘起嘴巴，反驳道："放弃这种小活儿的理由，难道不就只有一个吗？因为不划算啊。"

止婆喉咙发出了酷似玻璃碰撞的声音，脸上的皱纹拧成了S形，似乎在笑。

"知分寸而行半步，跟偷工取巧完全不是一码事。"

青年像是在琢磨止婆的这番话，时而皱眉时而摇头。最后索性不想了，咂吧一下舌头，拉了拉帽檐。

灯火亮起，出江还没回来。

是不是在去送棉袄的那户人家，聊得忘记了时间？

夕阳的余晖停留在裁剪台上的线头剪上。止婆又打起盹来。远处的孩子们在互相道别，"明天见。"火盆上面，铁壶呼呼冒着热气。

青年就在玄关的地台上坐着，不时搓着下巴思考着什么。早就过了该回店里的时间，但他还想再等等出江。

"承接特殊定制。敬请吩咐。"像是为了打发无聊的时间，青年面对着暮色苍茫的巷子，念叨起井崎屋代代相传的信条来。

捷径之光

裁剪台上有几个像虫眼一样的小孔。出江曾经说过，这是在用锥子给面料做印记时留下的。影子被拉伸到台面上，浩三从刚才起就一直盯着它看。因为这些孔眼，影子看上去像一条被虫食的海带，让人反胃。

"小浩，我马上要用那边了哦。"打扫完会客间的出江从障子门后面露出头来。

"那个，出江。"浩三盯着影子说道，"我每次穿过旁边的那条小道时，都会有一种进入另一个世界的感觉。"

出江微微侧了侧头。

"出江你有没有这种感觉？"

"是的呢。"她望着半空，回道。说完，她走进工作间，从固定在墙上的木架上取下针线盒。浩三用脚后跟蹬着榻榻米挪开屁股，将身子靠在西面的墙上，把裁剪台前面的位置让给了出江。

"打扰了！"就在这时，丝线铺青年出现在了玄关。"另外一个世界啊?"他摸摸下巴朝浩三诡秘一笑。浩三先是一惊,声音竟然能够传到巷子里?然后又非常失望,自己这么重要的话偏偏被他听到了。他抱住膝盖,紧闭嘴巴,不再说话。膝盖从及膝短裤中露出来,有如龟裂的镜饼①一般。

青年没注意到浩三的苦瓜脸,从袖兜里掏出一包东西,递给出江。"这是给你的。是野柿子,有点涩,所以就试着做成了柿饼。"

出江刚想道谢,浩三抢过话头:"那个就算弄干了也还是涩!"

"小浩!"被出江呵斥后,浩三索性在榻榻米上躺下了。殷红色的光从西窗照进来。伸出手去,一如肌肤的温度从指尖传递过来。

"不过话说回来,因着某个机缘进入另外一个世界,小孩子的想法真有意思。小浩还在上小学吧?五年级?六年级?"

"马上六年级了呢。"出江接过话。浩三一直背对着他,不吭声。

"是吗?实际上我也……啊,这个一定要替我保密。"

青年煞有介事地压低了声音。浩三故意侧身把头枕胳膊上,偷瞄着两个大人。

---

① 镜饼:日本供神用的圆形年糕。

"天满宫的石阶，啊，不是那边的石阶，是对面男坡①的石阶。倒数第五个台阶的一角，有个豁口，缺了一块五寸见方的石砖。从那里咚的一声往下跳的话，就会有一种坏事统统都消散的感觉。应该说不是感觉，是真实可信的，特别是心烦意乱的时候，往下一跳心情就大好。不过，这应该叫迷信，和小浩说的另外一个世界好像不是一回事。"

"往下跳？从那么高的地方？"

出江看了一眼青年的脚下。青年抬起脚，一脸窘相："所以老把木屐带扯断。"

"有时候你拿袴裙过来让我补，也是因为这个？"

出江又问了一句。青年涨红了脸，垂头丧气地说："是的。基本上都会摔倒。"

"浩三！浩三！你跑哪儿去了？"巷子里传来了气势汹汹的怒吼声。浩三一下子跳起来，抓起玄关处的木屐，从西窗纵身一跳，瞬间不见了人影。

"啊！这动作也太快了。轻功忍术都做不到这么快。"

青年正起身，门外闯进一个人，是住在长屋的鱼铺老板娘："浩三有没有来过？"

出江没说话，摇了摇头。

"真是没办法。也不来搭个手。放完学，就不知道野哪儿去了！"老板娘踩着木屐直跺脚。

---

① 男坡：在日本，设在较高处的神社前一般会有两条道，分别称为男坡和女坡。男坡较陡，女坡较缓。

"听说小浩在学校的成绩都是甲,真了不起!"

出江想缓和一下气氛,老板娘没领情:"那东西,好也罢坏也罢,对过日子无关紧要。"

"那个……小浩在男孩里排行老三吗?"

青年冷不丁插了一句。老板娘眨巴了几下眼睛,这才注意到旁边还站了一个人。她扬起下巴,冷冷地回道:"怎么没头没脑地问起这个来了?"

"一直就想问,小浩应该有哥哥吧?我只见过一个,就想着会不会还有一个呢?因为不管怎么说取名浩三,应该排行老三吧?"

老板娘张大嘴巴愣住了。她抱起胳膊,一副若有所思的表情:"是,不对,嗯,这个嘛。他确实只有浩一一个哥哥。可是为什么取了三这个名字呢?"

那语气仿佛是在说别人家的事情。突然她双手一拍:"啊,我知道了。"那仿佛是气球炸裂的拍手声,冷不防把青年吓一跳。"可能是这样,我们家浩一下面是女儿,对吧?就那个,去年出嫁的那个。她是老二,浩三是老三,所以就不小心跳过浩二,直接取了个浩三。"

"你这父母当的,还真是随性呢!"青年翻了一下白眼。

"是啊,你不说我还真没注意到。"老板娘笑得前俯后仰,也不知道哪里好笑。"没事儿,小孩子嘛,本来就是随随便便都能长大的。我每天忙得要命,哪儿顾得上这么多啊。止婆才更夸张哩。听说她们兄弟姐妹十三个,她是老小。父母说到此为止不生了,就给她取了个止字。"

又一阵铜锣般的笑声响起。突然她意识到说漏嘴了，丢下一句"哎呀，不好"转身走了。

音无坡上，一匹马驮着行李正往上爬。车夫马鞭落下，便有痛苦的嘶鸣声响起。马吐着重重的粗气，全身热气升腾。

——好无聊啊。今天伺机摘马肛门珠①的河童没有出现。影子横躺在路上，戏谑道。

"根本就没有河童这种东西。"浩三不屑地一笑。

——有啊。你没看马在不停地扇尾巴。

"胡说什么啊！那是因为它在赶虫子。所以天冷的这个时候，尾巴就不动了。你好好看看就知道了。"

三岔口往左一拐，影子敏捷地跳上了道旁的木栏，一副盛气凌人的模样。——你太现实了！

浩三没有回应，往车道上纵身一跃，偷偷地跳上了车舆。他将头枕在货物上，看着冬日的天空在眼底无尽蔓延，白昼的月亮将天空撕开一个小洞。

"浩三！"马路对面有人在喊。浩三支起脖子一看，是两个放学回家的同学在朝他招手。"你干吗呢？还不快回去，不是说好要玩拍洋画的吗？"

浩三吐了吐舌头，学马的模样，龇牙咧嘴，惹得那两个同学一阵尖笑。——你和他们还真不一样。

---

① 肛门珠：传说中位于肛门处的圆珠，河童喜欢摘取。

"一样，一模一样。"

对面过来一辆车，像被风吹走似的一溜烟而过。

"看到了没有，速度翻了一倍。"浩三对影子说。"两个运动的物体从正对面擦肩而过时，如果站在其中一个物体上，就会感受到两倍的速度。"

在浩三看来，这个世界上的所有东西都受控于速度。人命也好风景也罢，无时不在运动。天满宫的神宇、山林、楼房，都是细微粒子在瞬间形成的物体，看起来很脆弱。就连出江、止婆、同学都像是小粒子聚集而成的物块。这种感觉有时让人发慌。

但是，有一个地方脱离了速度的控制——宅邸后面的那条小径。只有那里不受任何东西的束缚，浩三觉得。

——速度感不尽相同那是因为狐狸在作怪。同样的路，来去感觉长度不一样，那也是因为狐狸的缘故。影子说道。

"那都是骗人的。觉得不可思议的事，背后肯定有原因。我接下来就要揭开这个真相。"

——嗯……好大的口气！但有些事还是不知道的为妙。影子放低了声音，——若要追根究底，下场会很惨。

浩三没说什么，轻轻地闭上了眼睛。眼皮底下，光的粒子在飞舞，美丽得无法形容。

车夫发现了他，一把将他从车上拽下来。浩三在陌生的街道上晃荡，误入了一个石料铺。院子的一角，石材的边角料堆成了一座小山。浩三爬到最高处。头顶的夜空布满星星，没有月亮。

他在石头上坐下来。四周安静得怪异。影子已被黑暗吞噬，不见了踪迹。"走着瞧！"浩三窃笑。耳根清净了，心底却莫名地低落。虽然一直嚷嚷着，什么时候要逃到另外一个世界去，但要是没了影子斗嘴，怕会了无生趣。

"最后还是会去卖鱼吧。"浩三叹了一口气。这是他唯一触手可及的现实。他的心情变得有些沉重，"啊"的一声站起来。夹着木屐的脚指头，和露在外面的脖子早已冻得冰凉。

就在给指尖呵气的瞬间，他注意到了脚下的一块石头。五寸见方大，切割得整整齐齐。

浩三轻轻地捡起来，嘴角露出了一丝笑意。

二月的一个午后，青年转完铺子回来。路过天满宫，双手合十。这是他每次经过时的必行之礼。参拜完后，便朝男坡走去。好久没从石阶上往下跳了，他决定跳一次。虽然显得有些幼稚，但对他而言，这是他的精神寄托。

他哼着小曲儿，下到倒数第五个台阶时，突然发出一声惨叫，他踉跄地凑近一看——原先的豁口被一块石砖整齐地码上了。上面用滑石赫然写着"遗憾"二字。

出江这几日都没见到浩三。

可能是因为无故旷工的那天晚上，被老板娘一顿响彻长屋的咆哮后，羞于见人了。以前上学经过时，他一定会隔着格子窗户问候早安，但这几日低着头径直跑掉了。

直到第五天早上，出江正在工作间做活，一个身影从窗外迅速飘过。出江不假思索地喊道:"小浩!"

片刻之后,浩三折回来,在窗外露出了脸。那表情活像一只被训斥了的小狗。出江还没准备好要说什么,支吾了半天:"路上小心!"然后微笑地看着浩三。

浩三抬起头,黑眼珠忽闪了一下,掠过一丝怀念。"出江。我觉得自己很麻烦。老在想一些不便与人说的事儿。"他沮丧地说。

"不管对谁吗?"

"嗯,不管对谁。也不是所有的事,但有些事真的没办法说出口。"

她温柔地点点头。"这样啊。那,那些事就是属于小浩一个人的。"

浩三愣住了,小心翼翼地问道:"有那些事也没有关系吗?"

"当然了。要是没有才怪呢!"

浩三耷拉着的脑袋稍稍抬起了一点。他扶了扶学生帽,点了点头,就以跳远助跑之速跑掉了。

中午过后,鱼铺老板娘过来道歉:"上次吵到你们了,真是不好意思。"语气中依旧透着一股干练。

出江笑着摇了摇头,犹豫了一下说道:"小浩在考虑的事,我很喜欢。"

老板娘噘起嘴,挠了挠脸:"呃,那孩子想上初中,所以现在很发愁。"

出乎出江的意料。"是小浩说的吗?"

"没有。他不好意思说。给他哥也没说,一直憋在心里。但我是他妈,他不说我也知道。"

老板娘耸了耸肩。出江微微缩了一下身子。

"对我来说那可就损失大了,因为店里还缺一个帮手。"

"这么说是让他上了?"

"如果他自己亲口说的话。这点事还不得自己说?虽说母子连心,但也不能太惯他了。"

可是不管怎样,筹措学费也不是件易事,出江有些担心。老板娘看出了她的心思,挺了挺胸膛:"我还有些积蓄。"不过又立刻泄气了,强打起精神补了一句:"唉,总会有办法的。比起钱,孩子的心情更重要。"

"啊,对了,差点儿忘了。这个,野柿子。略表我的歉意。很甜的,你尝尝。"

完全是一副做买卖的口吻。说着,她递过来一包用报纸包着的野柿子。出江想起来,上次丝线铺给的柿饼都还没吃完。正如浩三说的,非常涩,都不知道该怎么处理。

"他们家的柿子很涩吧?像这种东西,要用盐水泡,涩味才会去掉。"

老板娘看穿了出江的困惑,得意地解释道。

"用盐水?"

"对。甜味一下子就出来了。然后随便往玄关地上一搁,这么冷的天能放很久。只要下点儿功夫,苦涩的柿子也能变宝。"

老板娘递过柿子,诙谐地说道:"凡事都有捷径。找到捷径后就会发现,之前所有的事都不是事。说不定明儿一觉醒来,我就变成百万富翁,什么烦心事儿都没有了。"说完,她"咯咯咯"笑着走了。

出江坐在火盆前打开纸包,拿起一个咬了一口。果肉宛如蛋黄般滑过喉咙,那异常甘甜的滋味浸润了她的内心。

花瓣与天神大人

天明时分的巷子雾霭缭绕,使得古老的长屋呈现出另一番样貌。像巍然存在了好几个世纪,又似从某个遥远时空瞬息降临,虚幻得轻轻一吹就会消失似的。

雾霭中,跑出来一个人。脚步声自西面小径拐入巷子,最后在最西面的长屋前戛然而止。

"出江。起床了吗?"浩一将声音压到最低。说完,还面色紧张地朝四下望望,生怕会把左邻右舍吵醒。屋里没有声音。他再次小声叫道"出江",依旧没有回应。

"糟糕!平时的话早该起了。"浩一挠挠头,看着手里提着的针鱼。这是今天一大早刚从河岸拿的鲜货。前两天请出江帮忙取掉了棉袄的夹棉,作为答谢,昨晚就向河岸的熟人预订好了。

取掉棉芯后做成的夹衣轻便舒适,又正值春意渐浓,浩一心情明媚。每天身披星星出门,赶将近一小时的路去河岸,将采购的鲜鱼用大板车拉到店里。然后回长屋吃早饭,之后除去午饭时间，便一直在店里守着——他甚至觉得，自从进鱼铺帮忙以来的六年时光里，这样无休止重复的日子都没有那么沉重了。

"真糟糕！"浩一又嘀咕了一句。计划的些许变动，都会让他无所适从。他沮丧地朝四周看了看。幸好，对面人家的门半掩着。他跨步过去，从门缝里伸进去半个头："止婆。不好意思，要是起来了的话，能不能拜托你一件事？"

屋里好像没人，而且乱糟糟的。被子没叠，矮桌上碗筷杯子摆了一桌。就连止婆最心爱的腌梅坛子都敞在那里。发霉了可就糟糕了，浩一说着，便自行进到会客间，将坛盖盖好。他又四下看了看，发现连壁橱门都没关上。

"真拿她没办法，全都摆着。这大清早就慌慌张张的，到底上哪儿去了啊？"他嘟囔着，就在准备把壁橱门拉上时，发现壁橱里有一个奇怪的东西。原本放被褥的上面一层空空如也，墙上开了一个圆形小窗。

起初，浩一还以为是挂了一个带把儿的小镜子。就是如这般大小的窗子。他探出身子，往里瞄。看到的不是外面的风景，竟是一户人家的会客间。浩一有些疑惑。止婆家位于长屋的最西面，而壁橱所在的西墙并没有邻里挨着，按理说应该看到小径才对。

然而，小窗后面的确是某户人家的会客间。风格与长屋迥异，是前所未见的奢华。散发着灯芯草清香的淡绿色榻榻米上，摆着朱红色衣架和金屏风，宛如小时候看的童话故事中出现的龙王宫。

似乎有衣服的摩挲声，浩一扭头朝门口看去。还以为是止婆回来了，却一个人也没有，巷子依旧被白茫茫的雾霭笼罩。打开玉匣子的瞬间，浦岛太郎①看到的也应该是这般情形吧？想到这儿，浩一忍不住咯咯笑起来。笑完，又再次朝小圆窗里看。

这次，他惊呆了。

窗子后面的会客间里，站了一个女人！

她梳着日式发髻，手握金色扇子，穿一件后摆及地的长和服。肌肤雪白，应该是涂了粉。是个大眼睛的姑娘。此刻，那双大眼睛正盯着浩一看。

"那个……"浩一干涩的喉咙挤出一丝声音后，就再也说不出话来。他看着她，极力思考着眼前看到的一切。于是，鸡皮疙瘩一点点起来，心潮开始涌动。他一步、一步往后退。就在被矮桌绊倒的那一瞬间，胸中隐隐被点燃的恐惧急剧膨胀、破裂，伴随着尖叫声冲出体外。

这时，门外冲进一个人。浩一发出一声更激烈的惨叫，双手抱头蜷缩在地上。

"哥，你在做什么？"

是浩三的声音。脚步声越来越近，一只手落在了浩一的肩上。是只湿漉漉的手。应该是在井边洗漱时听到尖叫声赶

---

① 浦岛太郎：日本古代传说中的人物。此人是一渔夫，因救了龙宫中的神龟，被带到龙宫，并得到龙王女儿的款待。当他拿着龙女赠送的玉盒回村后，发现人间已过了300年。他打开盒子，盒中喷出的白烟使他瞬间化为老翁。

过来的，但是手上的那股湿气，更是搅动起了潜藏在浩一心中的恐惧。

"你怎么进来了？以前就说过，止婆家是不能随便进来的。这家婆婆惹不起。"

"……那、那里，有人……"浩一紧闭双眼，艰难地伸出胳膊，指着壁橱说道。

"啊？有人？"浩三踮起脚，将头伸进壁橱：

"什么都没有啊。"

"我说有。就在那个圆窗后面，有吧？"

"圆窗？"

浩三再次往壁橱里看了看。

"没有什么圆窗，只有墙壁。这不是和咱家一样的壁橱吗？"

浩三觉得很奇怪。他抓着哥哥的手，拉他起来："你再这样说梦话，小心又要被母亲骂：'都快二十岁的人了，还尽说些不着边际的话。'"

这时，他注意到了掉落在一旁的针鱼。"出江不在家吗？"

浩一点了点头。浩三随即拿起鱼，捡起止婆家地上的一张报纸，娴熟地把鱼包好，拉开出江家的玄关门，把鱼轻轻放在地台上。

"这样的话，出江就知道是我们放的。快走，被止婆发现了就不得了了。擅闯止婆家的事千万不能告诉任何人。"浩三快快说完，就拉起浩一跑掉了。

直到太阳升到头顶，出江才回来。在裁剪台前，她叫住了从窗外经过的浩一，对他送的针鱼表示了感谢。

"回家吃午饭吗？"

浩一取下裹在头上的头巾，笔直地站定，回道"是的"。出江忍俊不禁："那吃完饭后过来一下。今早去进面料，顺便买了些糕点回来。"

短短一会儿工夫，浩一再次出现在玄关口，把出江吓了一跳。他取下挂在脖子上的擦手毛巾，将身上仔细掸了一遍，又把手巾在地台上铺好，这才坐下来。

可能是听闻糕点赶过来的吧，正在放春假的浩三从哥哥高大的身后露出脸来。

"小浩，学校什么时候开学？"

"还有八天。"

"浩三升了一级，春天开始就要上六年级了。"浩一一板一眼地解释道。浩三的脸上掠过一抹阴沉。想上中学的事，该不会还没给老板娘说吧？出江暗暗思忖。

糕点是樱花形状的落雁①。

"这形状好稀奇啊。我还以为落雁都是莲花形状的呢。"浩三感叹道。像是为了尽量延长糕点的寿命似的，他从糕点的边上一点点舔着吃。而浩一先是细细欣赏了一番，然后发

---

① 落雁：日本三大点心之一。用米粉、面粉或豆粉等加入砂糖揉匀，用木型拓出。常作为盂兰盆节的供品。

出一阵欢快的咀嚼声，不一会儿就没了声响。

"天满宫的后巷不是有一家糕点店嘛？就是在那儿买的。"

"啊，光月堂。"浩一回道。

"欸，那边还有糕点店啊？哥，你知道的真多。"

听浩三这么一说，不知为何，浩一不好意思地低下头。

"打扰了。"

看到悄无声息出现的止婆，浩一赶忙起身。还以为要做"立正"的姿势，没想到突然来了一句："对不起！"鞠了一个九十度的躬。

出江瞪圆了眼睛，止婆也一脸错愕。

浩三干咳了几声："止婆。那个，是什么？"连忙岔开话题。

老婆婆怀里抱着小松枝。针叶上涂了茶色和水蓝色胡粉①。"慌神松。差点忘了今天是慌神节，一大早就急急忙忙出门了。这个，是给你家的。"止婆拿起一枝，递给出江。

慌神是火神，每个月第一天要给灶台上供奉新的松枝，她一边解释着，一边又从筐里取了一枝递给浩一："你们鱼铺要不要？"浩一支支吾吾，表示了谢意。

——樱草——樱草——远处响起了樱草小贩的吆喝声。已经到了樱草上市的季节了吗？

"卖樱草的，还真少见啊。就是河堤上常见的那种桃色

---

① 胡粉：即中国画中的蛤粉，一种白色颜料。

小花，对吧？"浩三踮起脚，循着声音往外看。

"好怀念啊。江户那个时候，樱草小贩的沿街叫卖声还是一首风景诗呢。现如今都很少见了。"止婆眯起眼睛。浩一就直愣愣地站在止婆面前，脸色煞白。

"哥，你现在是不是要回店里？碰见卖樱草的，给店里买一些，母亲准会高兴。"浩三向浩一使了个眼色，暗示他快点走。

"不知道的还以为你是哥哥。"止婆耸了耸肩。浩三呵呵地笑笑，吐了吐舌头。

浩一出了巷子，急忙往店里赶。这个午休太长了。他的眼前浮现出母亲好似般若①的脸，不禁一哆嗦。

一路上，无数白色在漫天飞舞。是梅花的花瓣，洋洋洒洒，模糊了视线，斑驳了地面。不久地面又会被淡粉色的樱花花瓣所覆盖。这些白色和淡粉色的花瓣历经数年、数十年铺就了脚下松软的地面。浩一踩在上面，内心涌起满满的奢侈感。

——哎——，樱草——樱草——

身后猛地响起一阵吆喝声，浩一惊讶地转过身。

---

① 般若：日本传说中的一种鬼怪，据说是因女人强烈的妒忌与怨念所形成的恶灵。面目狰狞，样貌丑陋。

一身股引①半缠②装束的男人挑着扁担站在那里,绾着时下不常见的发髻,面庞却与今早在止婆房间看到的那个姑娘一样,朦胧虚幻。

浩一明白,浩三说的"去买点樱草"只是给自己找个借口从止婆那里离开。不过既然真的遇见了卖樱草的,买上个一两盆也无妨。浩一对卖樱草的男子说:"那个,请给我一盆。"

不料男人挥了挥手,神气十足地回道:

"你搞错了,俺们是同行。"

浩一愣住了。他瞪大眼睛往男人挑着的木桶里定睛一看,鱼正往外扑腾着尾巴。"哎?但是你刚才明明说'樱草'……"

"啊,俺之前就想问问你,你们店谁在负责进货?"

"啊?我们店吗?"

"是。音无坡上只有一家鱼铺,那是你家的吧?"

那家店确实是已过世的父亲创办的,现在由母亲和浩一两人经营。"……是的。"

"呀,之前就觉得那家鱼的品相真不错,所以就特地过来问问是谁在进货。"

浩一更觉得奇怪了,他怎么会知道店里的货?印象里这

---

① 股引:日本传统底裤,从腰到踝骨,稍稍紧贴,腰部收紧的衬裤。

② 半缠:日本旧时劳作人民的作业服,现常见于祭祀活动中。

个发髻男从未在店里出现过,也未曾在鱼市和河岸见过,何来的"特地过来"一说呢?

"那个……进货是我在做。六年前开始学习,前年开始全权负责。"虽然疑云重重,但浩一还是如实回答了。

"是吗?年纪轻轻的但眼光不错。看来有天赋。"

"天赋?有没有我不知道,复杂点的活儿我就……总之我生性愚笨,经常被我母亲训斥。"

男人颤肩大笑:"什么呀,这已经足够了。你就不要多想,放心往前走。这条路没选错。"说完,转身就消失在茫茫雾霭之中。

四周空无一人,只听得梅花的飘落声,和远处樱草小贩悠长的吆喝声。

浩一离开后,止婆也回去对面家里。浩三就坐在出江身边,静静地看着她做活儿。新置的面料新绿的底儿,绣了浅紫刺绣,流光溢彩,鲜艳夺目。浩三情不自禁地感叹:"好奢侈的和服啊!"

"这是专门赏花时穿的小袖和服。以前人们为了赏花,都会重新做上一件这样的和服。"

"这样啊。那这件是给哪家姑娘做的?"

"这个嘛……"

出江含笑不语,起身去了厨房。"小浩,要不要喝茶?"浩三"嗯"了一声,将目光投向西窗。他想起了今早浩一慌慌张张告诉他的事。

壁橱里有一个姑娘。装扮与在天满宫后巷遇见的艺妓很像。似曾相识的面庞，炯炯有神的大眼睛，尖尖的鼻子，朦胧又不太确定。

"那个，止婆在这里住得最久吧？她什么时候开始住这儿的呢？"浩三对着厨房，问道。

"不知道呢。"她有些含糊其词。

"那你知道她家是哪儿的吗？有时候会听她提起她的故乡，但从没说过在哪儿。"

她依然背对着浩三，摇了摇头："不知道……"

浩三咽了咽口水，又问道："那出江你是哪儿的人？"

等了片刻，没有回应。浩三坐起来，往厨房看。出江正在往水壶里灌水。或许水声太大，她没听见吧。

灶台的架子上，慌神松伸展着枝条，像在守护着什么。

那日傍晚，浩一经过出江家时，看见止婆也在会客间的矮桌前坐着。桌上摆了一盘烤针鱼。这个老婆婆应该是闻着鱼香过来的吧？

浩一站在玄关寒暄了几句，就迫不及待地讲起白天遇见扁担男的事。他今天在店里一直在想这个事情，越想越觉得蹊跷。然而，出江和止婆听完，竟是一脸的平静。

"真有这样的事也说不定。这一到春天，时间呀地点呀界限就容易模糊。"止婆鼓起腮帮子，嚼着针鱼说道。然后又突然放下筷子，闷闷地叹了一口气，"山上的樱花马上就要开了吧？"

浩一不禁笑出声来："止婆为何愁眉苦脸？樱花开了应该高兴才对啊。"

因为对于浩一来说，再也没有哪个季节能像春天这般让人心绪荡漾了。他甚至扳着手指头数着花开的日子，把它当作工作的动力。

"可是花落有些让人……"止婆的情绪越来越低落。

"不是有句话叫'真花当以花开花落皆由心'吗？"出江安慰道。止婆的脸上露出鲜有的乖顺，低下了头。

看着挠头搔耳、一头雾水的浩一，出江解释道："真正的花，开花也好凋落也罢都随心所欲的意思。这是申乐师世阿弥①说的话。《花传书》上有写。"

浩一注意到，工作间的架子上只放了这一本书。他还是有些云里雾里："真正的花是指什么呢？"出江的话常常充满谜团，让人不知所云。再多的解释也得不到明快的答案，浩一有些着急。

"书上还一句'欲知花之意，先知花之种'，说的就是这个意思吧！"

浩一愈发糊涂了，但又觉得不便再问，就说道："种子啊？都说上等的腌梅连核里的天神大人②都很美味。"

不管怎样，总算把话接上了。虽然自己都觉得不妥，但实在想不出其他话来。

---

① 世阿弥(1363—1443)：日本室町时代的戏剧家、戏剧理论家。
② 天神大人：日语中杏仁的别称。

"你呀,真是个笨蛋。那个吃不得。吃梅要吐核,因为天神大人在里面睡着呢!"止婆说。

"但是我母亲说,如果本身是好梅子,再好好腌一下的话,核就不会有毒。"

"是吗?"止婆漫不经心地回应着,又用筷子戳了一块针鱼放进嘴里。出江停下筷子,看着她。她的侧脸不知为何看起来十分忧伤。

浩一接不上话,尴尬地站在外面。他决定不再打扰她们,礼貌地道了声晚安就走了。

樱花开了。

附近的山是有名的赏花胜地,连日来人山人海,非常热闹。对鱼铺而言,这几日的繁忙程度丝毫不亚于年末。浩一和浩三都要进店帮忙,自然白天就没了闲暇时间。兄弟俩决定等到满开的那几天,闭店后去赏夜樱。

"我瞅准了一个绝佳的位置。"浩三在前面带路。山中万籁俱寂,漆黑无边。他在一棵巨大的糙叶树下停下来,双手抓住树干,噌噌往上爬,好似一只猴子。

"喂!你要去哪里?"浩一有些迟疑,却也只好跟着往上爬。有好几次差点滑落下去,等爬到树顶已是气喘吁吁。此时早已神清气闲地坐在树顶的浩三指着前方,得意地说:"快看!"

浩一转过身去,立刻被眼前的景色震慑了。月光下成片的樱花犹如一张巨大的地毯,从脚下一直远远地铺展开去。

"够奢侈吧？从这个角度看樱花！"

"确实是。你这家伙每次都能想到有趣的点子。"

浩一深深折服，静静地望着眼前的这片花海。过了许久，他重重地叹了一口气："又一个季节要过去了。"

"哥，长大是一种什么感觉？"

浩一说不上来。他想象着美丽的花瓣飘落在地，层层叠起，而浩三的脑海里浮现出经年累月后，繁华褪尽，只剩下内核的样子。"哥，你什么时候最快乐？"

浩一不假思索地回道："当然是进货的时候。河岸的鲜鱼泛着粼粼的光，那光泽和颜色美得无法形容。"

浩三眯起眼睛，看着双脚搭在一旁树枝上的浩一说道："哥，你已经有内核了呢！"说完，他将视线转回到花海，深深地吸了一口气，然后鼓足勇气对浩一说："那个，我决定给母亲说，我想上中学的事。"

浩一伸着脖子直点头："嗯，我一直深信你做什么都能成，从未有过怀疑。"

浩三朝哥哥笑了笑，又转过头来。浩一也跟着转过来，望着眼前的花海。突然他惊讶地发出"啊"的一声。

不知何时，樱花树下聚集了很多赏花的人。男女老少个个梳着发髻，着一身华丽的小袖和服。笑声荡漾，歌声飞扬，整个山头顿时变成了热闹的海洋。可是，这些人看起来却像是飘忽的花瓣，透明幻化，随风飞舞，又倏忽不见。

——浩三能看见吗？

浩一偷偷往旁边瞄了一眼。弟弟正快乐地荡着双脚，似

035

乎没有觉察到樱花树下的人群。

当晚，止婆手捧新制的新绿浅紫小袖和服，站在壁橱前。"久违的小袖和服，这次专门做了一件。虽然再也回不去你的那个年纪了。"

她朝着小圆窗后面嘀咕了几句。年轻的艺妓看着止婆，莞尔一笑。她嘴角轻轻动着，似乎在说什么。止婆眯缝起眼，点了点头。"今年我会去看樱花。花落之殇，差不多也该坦然接受了。"

艺妓与止婆只有一臂之隔，却是永远无法逾越的距离。

——欲知其花，先知其种。

老婆婆回味着世阿弥的话，将手掌贴在胸前，似乎是在回顾自己的过往今生。"都到这个岁数了，真叫人无奈。"

她瞟了一眼一旁的腌梅坛，想试试运气，便打开坛盖取了一颗放进嘴里。吃到只剩内核的时候，她用大牙夹住使劲咬了咬。奈何牙口松动，根本咬不开，只好把核吐出来。不知怎的微微松了一口气："不管怎样，也算是活到这把岁数了。"

止婆挺起胸膛。那姿态看上去比年轻令人怜爱的艺妓更加光彩动人。小袖和服也不甘示弱地聚集着灯光，闪烁着耀眼的光芒。

襦袢①竹、路面花

屋瓦上传来像是小动物窸窸窣窣爬过的声音。裁剪台前的出江抬起头,朝格子窗外一看,路面上正被洒下点点黑墨。她连忙起身,去后屋把晾在房檐下的衣服收进来。空气里弥漫着熟悉的泥土的清香。此时,雨已成声,在她耳畔欢快地响起。她走进厨房,把水壶架到火上,静静地从玄关望向外面的巷子。昔日的诗句②已到了嘴边:

寂寞的性格呼唤我的朋友,

我陌生的朋友呵,快来吧!

坐在这古老的凳子上,两人慢慢地交谈,

无忧无虑,你我悄悄地度着幸福的时光。

---

① 襦袢:一种穿在和服里面,只露出衣领的中衣。
② 此诗节选自《寂寞的性格》,为日本早期象征主义诗人萩原朔太郎(1886—1942)所作。译文引自《吠月》(郑民钦译,1917年)。

雨声遮盖了生活中的声音和生命的气息。心绪在被切断一切后的解脱感与孤零感之间徘徊。出江在另外的世界里歇息，直到鱼铺的老板娘冒雨跑来。

"难得见你发呆啊。"声音依旧脆亮。她一手提着菜篮，一手抱个包裹。"你这会儿没事吧？"

"嗯。刚好想泡壶茶小歇片刻。"

老板娘顺势在地台上坐下，啜了一口出江端来的热粗茶，捡了一块作为茶点的腌茄子放嘴里。咔哧咔哧，茄子哭泣的声音在齿缝间响起。"其实是有事想拜托你。"

她一边抬起眼皮说着，一边解开旁边的包裹。是一件茶泥大岛捻线绸①和服。"家里就剩这一件值钱的东西了。年头太久，有几处绽线了。所以想拜托你帮忙补一补。"

出江连忙将和服展开，确认完需要缝补的地方后，微笑着说："不费事。"

"然后，这是一点心意。"老板娘从篮子里取出一个纸包，鼓鼓囊囊地包了将近十条鲹鱼和沙丁鱼鱼干。

"这么多？"

"咸鱼干现在这个季节也能放很久。不能给你现钱，对不住。"

---

① 茶泥大岛捻线绸：大岛捻线绸是"日本三大捻线绸"之一。将丝绸浸入泥中，经过四十天的泥染而成。其因拥有华丽的光泽和豪华的重垂感，成为和服的上等布料。茶泥是略带红色的颜色。

出江摇摇头，双手接过来，举到额前："非常感谢。那我就收下了。"

"真是帮了我一个大忙。不过，这衣服缝补好后，我也没机会穿。估摸着最后会变成死当吧。"

"是吗？"出江只应了一句，便没再说话。几天前，她就知道浩三已经给老板娘说了要上中学的事。浩三跑来告诉她时，怄气似的嘟囔了一句："母亲说'你要想上就上'。"

梦想变成现实的困惑，让亲人为难的后悔，能够继续求学的喜悦……几种完全不同的感情在他小小的身体里交织成漩涡。"说句谢谢就够了吧？"当时她是这么对他说的，"小浩复杂的心情，可以全部汇聚成一句谢谢呢！"

浩三犹豫地点了点头。从他绽线的口袋里，一只不知道从哪里捉来的雨蛙，正在犹豫要不要跳出来似的探出脑袋。

"不过幸好赶在梅雨季前给我说了。"老板娘松了口气，想要再续杯。

"这和梅雨有什么关系？"

"这么一来去当铺就方便多了啊。打着伞，碰见熟人就可以这样。"老板娘做了一个雨伞前倾，将脸遮住的动作。

"原来如此。"出江会心地点点头，与老板娘相视一笑。

长屋的人们为了免去碰见熟人的尴尬，会特意跑到四个街区外，位于弥生坡上的一家当铺。如此一来，就难免会在店铺门前的窄巷子里互相撞见。但年过六旬的当铺老爷子童叟无欺，所以大家还是愿意去那里。

不过，店铺的口碑却不尽如人意。要怪就怪老爷子那古怪的脾气。

他在店里既不与客人交谈，也从没与客人有过眼神的接触。偶尔在路上碰见，也会故意背过脸去。像浩一这样恭谦规矩的人，每次碰见他都会特意叫住打招呼，但次次都被无视。久而久之，怕是有了一种被背叛的感觉，浩一自此再没踏进过当铺半步，即便老板娘一再下令。

"所以只好我自己去了。一想到要把它当出去，还真有点不舍。"老板娘怜惜地摸了摸衣物，就回店里去了。临走前还嘟囔了一句："梅雨对生鲜店家来说，简直就是一场灾难。把人搞得精疲力竭。"

之后连着几日也一直下雨。

出江懒得出门，便窝在家中，烤几片鱼干，就点腌菜、佃煮①将就。不过所幸手头的活儿得以顺利进行。鱼铺老板娘的和服早已缝补完毕，现在正在着手一单新活儿，是一位出手阔绰的客人的衣物。止婆来得也没以往勤快了，不过只要有鱼香飘起，便会准时出现。

"不知怎的，一到下雨天就困得不行。天天都在被窝里躺着，神经痛都出来了，浑身难受。"止婆发着牢骚，眼睛直勾勾地盯着矮桌上的烤鱼。出江只好请她入座。止婆也没客气，伸手就拿筷子。那样子像极了一只馋猫，惹得出江忍俊

---

① 佃煮：将小鱼、贝类、海藻等海味加入酱油、甜料酒烹煮而成的料理。

不禁。

她细细地将鱼骨剔除后，便大口咀嚼起来。这时，她瞟到衣架上挂着的一件缝了一半的男式襦袢，不禁连声赞叹："这年头竟还有如此讲究之人。"

她起身走近，生怕会触碰到面料似的，小心地将手背在身后，细细地端详起纹样来。黑色绉绸料子上印染着淡金色的细竹。"莫不是竹醉日？真是雅致。这可真的好好弄。是那个人的？"

出江轻轻点了点头。客人这次的要求是让出江挑选缝制襦袢的丝线。这位客人极其讲究细节，却也出手阔绰。"虽是个麻烦活儿，但我也跟着奢侈了一回，挺开心的。"

"差不多该丝线铺送线过来的时候了。"

止婆一听，眉头紧蹙："丝线铺家的那位要来？这黏糊糊的天气里，我可不想跟话不投机的家伙见面。"

她忙着起身要走。就在她趿拉起木屐往外走时，门外闯进来鱼铺老板娘，两人差点撞了个正着。

"听说死了！"老板娘没头没尾地叫喊着。听到"死"字，在玄关的止婆和在里屋的出江全身都僵住了。

"谁？"止婆从喉咙里挤出来一个字。

"哎呀，就是弥生坡当铺的老爷子。"

"啊？"巷子里突然响起一声怪叫，丝线铺青年撑着蛇目伞出现了，"就那个阴冷的老爷子？"

对于这种冷不丁插话进来的行为，止婆极为不满，但青年却没理会，反复追问："真的吗？那个老爷子？"

"怎么？好像你跟他很熟似的。像你这种不知人间疾苦的大少爷想来和当铺没什么交集吧？"

"哪没有啊，我有时候为了筹钱买唱片，也会拿一些不用的东西去当掉啊。"

止婆干咳了一声。老板娘也皱起眉头："你这叫悠闲，懂吗？"

青年对大家冷冰冰的态度满不在乎，摸着下巴继续说道："不过话说回来，还真没有一个人念那老爷子的好。冷漠，不近人情，见人也不打招呼。都说生意人薄情寡义，但也不至于如此。他那是黑心买卖，怕是心里有愧吧！"

"你胡说什么！正因为态度冷漠，才不会无端打探，你去当个东西也不会有负担。要是他热情地问东问西，你还敢去吗？"老板娘回了一嘴，然后探出上半身，继续说道："好像那铺子他儿子继承了，我问他'你家老爷子呢？''哦，没了'就这样。简直就是'哦，出去买菜了'的口气。我一听就来气了！"

"多半像了老爷子了。"青年以一副很了解的口吻又插了一句。话被打断，老板娘极其不耐烦地"啧"了一下。这一啧倒是让她想起什么事来，大喊着"哎呀，不好"，就慌慌张张地跑出去了。话说了一半被撂下的三人一脸的意犹未尽。

"不过，像老爷子这样活着无声去时无影的，我不喜欢。工作的价值、存在的意义什么的，都没有。"

一听这话，止婆怒目圆瞪："……别告诉我你努力工作就是为了名声！"

"哎？难道不是吗？"青年张大鼻孔。"不过也并不是想成名，也没想着要留名后世，我还不至于那么肤浅。但是一定的名气会改变周围人对你的态度，方便你做事。对于生意人来说，是一本万利的好事。"

"那些因为名气而围绕在你身边的人，多半是些毫无主见的鼠目寸光之辈。"

"呃……怎么说呢，古人有句话叫真人不露相，但那是从前。到头来还是出风头的得利。声大者赢，这就是当代，啊，应该叫现代主义。"

"什么现代主义不现代主义的，尽说些做作的话！"止婆丢下一句"真叫人作呕"，便冒雨走掉了。

青年笑笑："老婆婆的这张嘴还是一点都没变。"说完，取出一段发暗的金线，放在出江面前。

"做这线也花了不少功夫，因为这个颜色不好弄。话说回来，做个襦袢就这么奢侈，这人还真奇怪。钱多得没地方花了。"青年抱着胳膊，往衣架上瞅了瞅。

"哎呀，外衣朴素襦袢精致，这才是真正的讲究之人哪。"

"但是被和服一遮，再好看的纹样也显不出来吧？至少得把领子露出来。要我的话，会把钱花在和服上，那样才显眼。"

出江倏忽一下站起来，将还没上针的黑色纺绸缎子整个罩在襦袢上，随即换了一副说书人的口吻："此般风流男子，自然多去游乐之地。登吉原青楼，与女子二人独处一室，和服脱去……"

她"嗖"的一下撤去缎子，襦袢显现。虽已看过纹样，但青年还是不由得发出"噢"的一声惊叹。金竹纹在已经看惯了黑色缎子的眼睛里，显得更加华丽。

"这样的男人，不知女人会做何感想？"

被出江这么一问，青年才收起痴迷的脸。估计是在想象自己穿上这件襦袢寻欢于青楼的情景了吧。

弥生坡当铺的老爷子生前喜欢梅雨。

如此一来在路上碰见客人，便能以伞遮面，少去了很多不必要的尴尬。

老爷子当初以伙计的身份进入这家当铺。上代主人终无子嗣，在他二十五岁时把这家店铺交给了他。他谨记老主人的教诲："做当铺这一行的，切记不可让客人难堪。"

客人是怀揣着怎样的心情来店里的，老爷子从只言片语中便可知一二。因此他尽量避免与客人眼神交汇。偶尔在路上碰见，一句无心的问候有时也会让人陷入窘迫，所以即便是熟客，他也不予理睬。老爷子时常在心里提醒自己，一定要让别人觉得自己是幽灵般的存在。

他比别人加倍用心地对待这份工作。书画古董，刀剑铁器，各种知识熟稔于心。为的是避免估价时犹豫，让客人久等。当品也会特意延长二三日期限。只要客人在这期限内筹钱来赎，必将物件欣然返还。只是对于客人的道谢，他会装作没听见。因为接受感谢，有时会给对方平添悲伤。

老爷子唯一的乐趣便是工作一天后，抿口小酒，瞅上一晚的花纸牌图案。他不知道玩法，只喜欢看上面的图案。这些图案不知出自何人之手，但在老爷子眼里，却比任何美术品都珍贵。

老爷子年近六十之际，小儿子开始来店里帮忙。上面的两个儿子无心操持家业，已另谋生计。小儿子虽也勤勤恳恳，但看得出来并不喜欢这份工作。老爷子看在眼里，常常对他说："你不继承这个店也无妨。"老爷子知道，这个营生既不光鲜，也没前途，对于如今的年轻人来说太过沉重。儿子默不作声，只是嗯嗯地点头。可是一有坛罐柜子等大件当品时，总归还得依赖儿子，于是两个人就这样默默配合了许多年。

某日，儿子去一位客人家中处理一批久藏多年的古董。当他拉了满满一车的老物件回来时，对老爷子说了这么一番话。

"那户人家的宅子真气派，看得出木匠的手艺非常了得。我问客人出自哪位师傅之手，客人说这是上上代造的房子，连师傅的名字都不记得了。"虽然语气里听不出半点感情的起伏，但对于平日里寡言少语的儿子而言，说这些已经很难得了。

"但是当我爬上放满古董的房顶时，在房梁上发现了木匠头儿的墨印。原来木匠是在如此不起眼的地方做上自己的铭号的啊。"

"是啊，锻刀师傅也一样，铭号一般也是刻在看不见的柄脚上。不过铭号谁都能模仿,关键在于东西的好坏。东西是不会说谎的。"

儿子继续淡淡地说道:"当时看着房梁我就在想,父亲的工作不也是这样的吗?虽然我的修行还远不及父亲,但想实实在在地为客人做点事。"

那晚,老爷子久久未眠。一个人喝着小酒,瞅着矮桌上摊了一桌的花纸牌。对于老爷子来说,那是他这一辈子最幸福的一个夜晚。这种幸福感直到生命的最后一刻,都在静静滋润着他的内心。

出江趁着雨停,上街囤了一些日用品。回来时,一时起意绕道去了弥生坡。在她望向当铺门前的那条巷子时,一时说不出话来。

昏暗的巷子里,盛开着一朵洁白的海芋。那凛然伫立着的孤高姿态,让出江久久为之动容。之后,她朝空无一人的巷子轻轻一鞠躬,往弥生坡下走去。脚步声里,出江轻轻念起了曾经记诵的诗句:

> 我们穿过草丛
> 寂寞的叶子摩挲声中响起
> 嗖嗖嘘嘘的小笛声。
> 那是我们看见的风声。

雨神

巷子尽头的石阶上，浩三正准备跨大步往下走。突然，他像被什么东西绊住脚似的停了下来，转身躲到石阶两旁的银杏树后面，偷偷朝巷子看。

是雨神！

正在挨家挨户地按门铃。穿着宽大的素鼠色①和服，低低地戴了一顶斗笠，手里拄着一根大拐杖，活像化缘的和尚。听见铃声的住户们从门缝里探出头来，递上一个薄纸包。没有交谈，甚至连简单的问候都没有。大家神色诡秘，低眉垂目，不敢往帽檐下看。

方才晴朗的天空，瞬间乌云四起。四周骤然变暗，低沉的雷声从耳畔轰鸣而过。

"哟，在干吗呢？"背后冷不丁的一声，吓得浩三差点瘫坐在地上。一看是丝线铺青年正笑嘻嘻地从石阶上下来，顿

---

① 素鼠色：日本传统颜色之一。纯灰色。

时心生不悦，恶狠狠地瞪着他。青年无所顾忌，肩并肩地靠过来："走，一起。你是要回家吧？我刚好要去趟小出家。"

浩三对他如此亲昵地称呼"小出"极其反感，正准备回嘴时，看见他突然直挺挺地站住了。"啊，雨神！"

浩三抬头看了看他："你知道这家伙？"

"当然知道。经常在我家店铺附近出没。"

"果然是来收房租的。"

"房租？"

青年眉头一皱，压低嗓音："原来这家伙以此为生。每次从我家附近经过，必定会下雨，大家都觉得他是瘟神。你们这边也叫他'雨神'？"

浩三点点头。

"原来如此。看来这个名字深得人心啊。今天算是验证了。"青年有个坏毛病，总爱把普普通通的一件事说得冠冕堂皇。

"不过真没想到他的主业这么不起眼。"

青年摸摸下巴，似乎接受了这一事实。然后，得意地说起关于雨神的几个传闻来，也不管浩三愿不愿意听。

听说他住在大河的河底。诞生于紫阳花叶子后面。斗笠下其实是无脸男——。

一个好端端的大人在胡说些什么！浩三觉得这简直是在浪费时间。只要与青年聊天，不管什么话题，都会有这种感受。

长屋的住户们也无人知晓雨神的真面目。

鱼铺老板娘、浩一、出江，就连最年长的止婆都不知道他是谁，从哪儿来，是受谁之托在收房租。

长屋没有统管事务的房东。住户自治，房租每月一次由雨神来收。也有人说自长屋建成之日起，就由他来负责收租了。如此一来，外表看来最多三十五六岁的雨神真实年纪该有多大了啊？浩三觉得不可思议。

天满宫吹下来的风穿巷而过，吹起了雨神的斗笠。只一瞬间，斗笠下露出了脸。很白，再无其他。因为斗笠很快又将脸遮住，年老抑或年轻，都不甚明了。

青年往前伸了伸脖子："咦，那个，好像在哪儿见过。是谁来着？"

他捏着眉头思索着。此时，雷声逼近，他便没再多想："得赶紧把线送过去。万一淋湿了就麻烦了。这可是我毕生的心血。"说完，他慌慌张张地大步跨下台阶，往巷子赶去。木屐踢踏出嘈杂的声响，被雨神发现可就糟了，浩三暗暗替他捏了一把冷汗。不过巷子里早已不见雨神的身影。浩三快步追过青年，冲进家里把门关上。

还不到一小时，骤雨如期而至。

青年想给出江看他带头开发的人造丝样本。颜色红红黄黄的，异常扎眼。散发着像抹了油一般的光亮，透出似乎能割破手指的冰冷感。

"这是什么小细线啊？光不溜秋的，一点味道都没有。"止婆也在，劈头盖脸地就泼了一盆凉水。

"止婆你这就不知道了吧？这个线比以往的任何线都要光滑。用机器也能顺溜地织起来。而且特别结实，不容易断。颜色也很鲜艳吧？因为用了化学染料。植物染料的话，出不来这个效果。客户们好评如潮，说非常新颖。"

"只要是新事物，一段时间内都是新颖的。"

青年似乎没有听出止婆的嘲讽，他心满意足地啜了一口出江沏的茶："样本我就放在这里了。要是方便的话，请您用用看。"语气殷勤，却又不容分说地把丝线推过来。出江点头致谢，将样本轻轻地放在工作间的木架上。做针线活时灵巧的手指此时像是抓着一只蜥蜴般僵硬。

止婆怄气似的说了句"不关我的事"，便将目光落到摊开在矮桌的书页上。

"真难得啊，止婆竟然也看书，我还是第一次见。什么书看得这么认真？"

止婆没理会，因老花而失焦的双眼时而睁大时而眯起，继续翻着她的书。

"是《花传书》。"出江替止婆回道。

"啊啊——就是一直在架子上放着的那本书。那是什么书？"

"是关于能乐的。不过还写了很多其他东西。"

"我明白了，天满宫马上就要举行薪能表演了，止婆你这是在临阵磨枪。"

青年双手一拍，止婆这才抬起头来。不过，只是朝他不屑地歪了一下嘴巴，又低下头去。出江有些为难，她故意岔开话题:"你去吗?"

"呀,我最怕天热和虫子了。呃,不去。"青年不假思索地回道。说完"那,那线就麻烦你用一下",就得意扬扬地回去了。

止婆重重地"哼"了一声,转而神秘兮兮地对出江说:"这次的能乐把浩三也叫上?"

"浩三?"

"对。今天那个人不是说了嘛,得让这孩子见见了。"

出江紧紧地攥着膝盖。

"况且这孩子是能委以重任的人,"

"与丝线铺家的那位完全不同。"止婆恶狠狠地加了一句。说完,又把视线转回到书上。关节突出的手指划过发黄的页面,文字随之沙沙摇曳起来。

浩三对受邀观看天满宫薪能表演感到很意外。一来他没看过能乐,也从没想过去看。关键是每年的薪能表演都是出江和止婆两个人去。这似乎成了长屋不成文的规定,所以大家都有意回避。

"我去,真的可以吗?"浩三小心翼翼地问道。

出江轻轻地点了点头:"今年是鬘物。原本应该连演五个曲目,这次只演第三曲,名为羽衣。虽然有点短,但也很精彩。"

浩三不明白"鬘物"是为何物,但也没再多问。因为出江的脸上浮现出一抹阴霾。

次日，浩三特意去了喜山町的图书馆。翻遍了整个书架，终于在一部厚辞典里找到了这两个字。

"鬘物——以女性为主人公的能乐剧。题材多取自《伊势物语》或《源氏物语》，以舞为主，旨趣幽玄。"

"旨趣幽玄。"浩三念出了声。虽然他又查了"幽玄"的意思，还是不甚明了。继续查字典，"羽衣——以三保①为舞台，天人为取回羽衣，曼妙起舞。"

幽玄，舞，浩三一边琢磨，一边朝四周看了看。馆内异常清静。只有远远的入口处，一名管理员在打盹。直逼天窗的幽暗令人悚然，似乎要伺机将站立在窄窄的书架间的浩三吞噬。浩三匆匆把书放回原处，准备离开。这时，背后响起了似曾听过的铃声。

六月的最后一天，浩三向店里请了假，来到石阶的银杏树下等待出江和止婆。当二人出现时，浩三惊呆了。竟是如此华丽的装束。出江一身条纹罗纱捻线绸和服，连止婆都穿上了仙鹤江户褄②和服，束上了丸带③。一身短裤衬衣的浩三立刻局促起来。他怯怯地问道："必须要穿礼服吗？"倘若如此，浩三就只能放弃这次薪能表演了，因为他连一身像样的衣服都没有。

---

① 三保：地名，指静冈县静冈市清水区的三保松原。
② 江户褄：只有下半身带有对称花纹图案的和服。
③ 丸带：和服腰带中规格最高的一种，搭配礼服用。

"没事的，穿什么都可以。"出江温柔地答道。

"可是……"浩三幽怨地盯着二人的华服看。

"因为我们要去见一位久别重逢的朋友，所以就……"

"在天满宫吗？"

出江没回答。意外的是一旁的止婆也没作声。二人默默地往石阶上走去。浩三紧跟其后，却感受到了一种形同陌路般的生分。

天满宫内已燃起篝火。暮色迟迟的天空下，火焰逐渐变红。正中央搭起了舞台。此时的天满宫俨然换了一副模样。浩三像是受了狐狸蛊惑似的，在舞台前的折凳上坐下。

像是误入了一个未知的世界。确切地说，"是真的误入了"，因为这感觉是如此真实。如同他每次穿过西面小径时，都会产生的进入另外一个世界的感觉。此刻，浩三觉得，自己到达了小径尽头的神秘之所。

——这真是一个奇妙的地方。

耳边传来了久违的嘶哑的声音。在篝火的映照下，影子爬到了座位旁边的楠木树干上。它轮廓模糊，声音微弱。

——快看。周围的看客也都很奇怪。

浩三朝四下仔细看了看。折凳上的一众看客尽是一团团灰色雾霭。虽勉强能看出人形，但脸和手脚都是细小粒子的集结，飘曳着流动着。原本坐在身边的出江和止婆此时也不见了踪影。浩三惊慌失措地站起来，大喊一声："出江！"

舞台上乐声响起。一股强大的力量拉扯着浩三的衣角，将他整个人摁到座位上。他惊讶地回过头。人形的雾霭粗声呵斥道:"你这样站着,叫后面的如何看?"浩三哑然失声,直愣愣地盯着看。"干吗?别这样看人!"雾霭戳着浩三的头,将他的身子扭过去。

有什么东西踱桥廊而来的声音。

篝火里升起了主角的身影。戴一副小能面,着一身折箔①罩衣,罩一件缝箔②长裙。

"是天女!戴着天冠③!"浩三脱口而出,这知识还是他刚从图书馆学到的。出江和止婆消失得不安瞬间蒸发,整个人被吸引到了舞台上。主角手握扇子定格在舞台中央。刹那间,犹如被雷击一般,浩三全身麻木。

舞姿曼妙优雅。浩三听不懂唱词之意,但主角举手投足间传递出来的感情自然而然地流入他心田。

就在曲子将近高潮之际,主角的右侧突然有人影涌现。最开始只是一团与看客一般的灰色雾霭,但随着主角舞动,渐渐清晰成形。

主角有两个?

浩三疑惑地揉了揉眼睛。这时,左边也出现了一位主角。接着又有一个,还有一个。

眼见主角增多,围绕着中间的主角开始翩翩起舞。他们身穿折箔罩衣,面戴小能面,身形和舞姿却不尽相同。中间

---

① 折箔:能乐装束之一。用金箔或银箔装饰在白绢上。为女性角色穿着。
② 缝箔:带有刺绣和折箔的装束。
③ 天冠:能乐表演中,女神、天人等角色佩戴的宝冠。

的主角越来越大,越来越幽深。故事从他身上鲜活地流淌出来。

浩三叉开双脚,用力站稳。一种像是要被带走的恐惧弥漫着全身。紧张的情绪让耳目变得迟钝。仿佛被一大团不明真身的柔软物体紧紧包裹,四肢失去了知觉。笛声远去,中间主角的动作开始变得缓慢,最后戚戚然停下。

舞台沉寂下来。这时,其中一个主角像泡沫破裂一般消失了。浩三都来不及惊叹。接着,其他主角也逐一破裂,消融于夜色中。一如无声的花火,鲜艳迷离。

最后,舞台上只剩下了中间的主角,孤身伫立着。轮廓比刚才被众多主角围绕时更显浓重。浩三听见了身体与空气触碰时火星迸出的声音。主角合上扇子,稍做停留后,轻轻背过身,小步往桥廊走去。直至他在幕帘之后消失,浩三麻木的神经才渐渐有了知觉。

先听见了风声,疯狂地吹过耳朵和面颊。

"要变天。赶紧回!"听到熟悉的声音,惊得浩三赶忙往右看。是止婆。

又赶紧往左边看。出江也在。浩三头脑一片混乱,愣在了那里。

"还愣着干吗?快走!马上要下雨了。"

止婆拍了拍浩三的背。出江在擦拭眼角。惊惶不安的浩三正准备开口,却被影子拦住了:

——别问了。

因为离了篝火的缘故,影子变得微弱,无力地贴附在地面上。

——在这里出现的人，也不要再多问了。

"这是怎么回事？"浩三心底在呐喊。影子没有回应。一看脚下，影子已被黑暗吞噬。

这时，头上和肩膀有被指尖轻戳的感觉。雨点打落下来了。

"小浩！"出江在呼唤。浩三走过去，被盖了一块手绢在头上。浩三似乎想要挣脱大雨的束缚般，抓起出江的手，快速穿过神社，朝石阶跑去。平日里怕弄伤衣物，连指尖的一根倒刺都很在意的出江，她的手却意外地有些粗硬。

放暑假后，浩三去出江家更频繁了。写作业、睡午觉都在那里。止婆讥笑他都快忘了自己家在哪儿了。浩三当作耳旁风，沉醉在房间里似沈丁花般香甜的空气里不能自拔。

偶尔，会想起薪能表演时见到的那些人。究竟是怎么回事呢？浩三躺在工作间思索着。他无意间朝木架瞥了一眼，发现原本放在上面的颜色浮夸的丝线不见了。

"你把那个人的人造丝用了吗？"

裁剪台前的出江转过来，顺着浩三的目光看过去。"啊啊，那个。前两天他又来要回去了。"

"要回去了？已经给出去的东西？"浩三扬起一边的眉毛。

出江见状扑哧一笑道："不是因为舍不得。"

青年当时是这么说的。

起初，一心只为做出前所未有的人造丝。做出来后，众人都很震惊。内心甚是得意：今后一段时间内必将引领时代潮流。可是实际用起来发现，丝线突兀，与任何面料都不配。渐渐的，徒有新意了，这样的意见越来越多。自己也意识到做了一样华而不实的东西，羞愧难当。所以我想先把线拿回去，重新再做，直到做出与和服洋装都很相称的线来——说完还鞠了一躬，涨红着脸，嘴里念念有词："新事物好难啊。总之真难。"

"哎——"浩三阴阳怪气地说道，"那家伙偶尔也有脑子的嘛！"

"这样说可不太礼貌哦。"出江笑了笑，视线又回到手头的和服上，"要做出一样新东西谈何容易啊！一时的惊艳容易，要延续下去很难。"

浩三听了，犹豫了一下，说道："薪能表演那天，我看见了。舞台上有很多人在跳舞。"

出江抬起头来，脸上十分平静。"是吗？浩三也能看见呢！"

"那个，是新式的表演吗？"

她轻轻摇了摇头，喃喃地说道："那不是表演。是创造了能乐的先人，是那些每个时代潜心钻研，将技艺传承下来的先辈。"

说完她又将视线转回到和服上。一针一针，平整无误，是顺应面料的缝法。浩三目不转睛地盯着出江的手指看。那样子仿佛指间除了灵巧外，还有其他东西存在。

可是，出江和止婆约在天满宫见面的那个人到底是谁呢？——

浩三感到蹊跷。那晚，她俩应该没有约定，因为她俩与谁都没有见面。

浩三想问，又忍住了。因为躺在榻榻米上的影子正狠狠地瞪着他。他竖起耳朵，想听听它会说什么，但它沉默不语，在西照的日光里慢慢伸长脊背。

格子窗外，误入巷子的几只白鹡鸰在低旋飞舞。影子伸长脊背，估计正看得出神吧？

夏枯

远处的林子里似乎有乌鸦在啼叫,却被茅蜩繁复的鸣叫声盖过,转瞬没有了声息。檐廊下,出江停下手里的扇子,寻着乌鸦的踪迹,望向远处。山坡上一整面的茶田泛着浅墨色的光。茶田的尽头,山脊线愈见浓重。

身后有人叫唤了一声,她转过身去。一张黝黑的圆脸出现在眼前,眼角刻着深深的皱纹。出江连忙端坐,为自己停留太久表示歉意。

"没事,不必介意。"老人露出一口乱牙,递过来一个发旧的桐木箱。"前两天收拾屋子,又收拾出来了一样那家伙的东西。"

她接过箱子。箱子意外地很轻。轻轻晃动一下,发出"咔嗒咔嗒"空洞的声响。"是……标本箱?"

"嗯。他天生就喜欢虫子。"老人又断断续续地讲起了关于他的故事。

儿子自小酷爱收集昆虫。没事就爱往山里跑,捉一些蝉呀锹形甲虫回来，然后细心地喂养、观察它们。等它们死后，便娴熟地用大头针给固定在标本箱里。还会参照从学校图书室借来的昆虫图鉴，仔细地给它们标上名字。

出江的眼前清晰地浮现出一个痴迷昆虫的少年模样。以前和出江在一起的时候，他也常常会在发现一只昆虫后，一本正经地背出它冗长的学名，如同一种庄严的仪式。

出江打开箱子。原本还期待着会出现美丽的蜻蜓或蝴蝶……

然而，里面什么都没有。空空的箱底只剩了无数枚大头针。

"时间太久了，标本都被虫食了。"还没等出江开口，老人就解释了。

大头针旁有一些标签，上面写满了很小的字，小到让人怀疑是怎么写上去的。像是昆虫的英文名。那家伙真是一天到晚放大镜不离手啊，老人看着米粒大小的字，静静地说着。

晚风拂来，大头针颤抖着，像是在打喷嚏。

浩三站在漆黑的门口，朝门里叫了一声"出江"。

今天也没人回应。

浩三又叫了一声。这时，对面的门被粗暴地拉开。"你这小鬼还真是烦人！每天每天都来！"止婆扯着嗓子喊道，"都说了要出去几日，你这天天来她也不会回来啊！"

"但是这都过去三天了。出江这么长时间不在家还是头一回。"浩三有些激动。

"那也没办法啊。她去的地方很远。"

"很远是有多远呀？"

"很远很远。她去的是来世。"

"来世？来世是哪里？"浩三赌气地回道。

止婆一听，皱起眉头，厉声吼道："我又不是她的侍女，我怎么知道？"便"呼"的一下拉上了门。浩三气呼呼把耳朵贴在出江家的格子窗上。捋布声、裁剪声，什么都没有。

夜幕降临，出江和老人一家围坐在一起吃晚餐。蕨根佃煮、香鱼甘露煮①，山野美味摆了满满一桌，赏心悦目。

一身粗布衣的二儿子和他刚哄完孩子睡觉的妻子笑意盈盈："姐，你再多住几天就好了。"夫妻俩一唱一和，挽留出江成了这几日饭桌上固定的话题。出江如沐春风，不由得就答应下来。然而再怎么放松，眼睛和耳朵却一刻也没消停。他曾经看过的风景、生活过的气息，出江拼命地想把它们印刻在心底。

盂兰盆节的灯笼幽幽地照亮了对面的佛堂。佛堂与放饭桌的会客间只隔了一条窄窄的走廊。这个昏暗的空间就如同

---

① 甘露煮：日本传统的一种煮鱼法。会先素烤鱼，之后加糖以中火煮至骨软。

隔开了此岸与彼岸。

"哥哥以前就连走山路也老爱拿个放大镜。然后有一次就掉进粪坑里了。"

听丈夫这么一说，年轻的妻子大笑起来。

"他一时还没反应过来是怎么回事，最后弄得浑身都臭烘烘的。"

朗朗的笑声在出江听来，却带了一股潮气。是因为这里临海的缘故吗？还是因为自己的耳朵还不习惯这里的潮气？出江轻轻地捏了捏耳垂。耳垂有些粗糙，而香鱼的苦涩还隐隐在嘴里残留。

或许是因为太忙的缘故，他在东京生活的日子里，几乎都没有碰过放大镜。不过，鼻子上倒像架了放大镜似的，常常在散步途中，发现伏在从木板墙缝隙间长出来的小蓟草上或是门牌上的蜗牛。可如此敏锐的他，却经常被会客间中央的矮桌脚绊倒，又或是在停车场的人群里迷失方向。

如果，那天他的眼睛没有被放大镜挡住的话，是不是就能发现紧逼身后的那一大块黑色物体呢？

吃完晚饭，出江回到了他以前的房间。铺好被褥后，她再次打开了那个标本箱。

箱子里空空如也。终有一天，里面的标签也会腐朽成碎片。最后，碎片被风吹散，只有大头针存留。这个桐木箱的用途也将无人知晓，一切归于虚无。

她急忙合上盖子。这种虚无感让她很想触摸有形的东西。她从衣柜上取过他的旧和服，捧在手里，轻抚端详。此时,她发现下摆处有一处被划破了,便毫不犹豫地从行李中取出针线,细细地缝补起来。唯有此时,她才能心无杂念,眼睛和耳朵才能得到暂时的解脱。

一会儿的工夫就缝好了。她把补丁对着灯光细细确认了一番,内心充盈满足。

第五日早上,浩三照旧出现在出江家门前。确认屋里没有动静后,就顺着小径往店里跑去。突然他觉得有些不对劲,停下脚步。怎么感觉变成了像是为了确认她不在而来的?

虽然盼着她早日回来,可是对她的不存在已经开始习惯。才过了五天而已。

那一整天浩三都无精打采的,被老板娘训了好几次。

"学学你哥。别看平日里呆呆的,可是干起活来一点儿都不马虎。你不要觉得会学习就行了,要是不好好干,到时候走上社会还是一无是处!"

老板娘当着客人们的面,把浩三数落了一番,引得众人忍不住发笑。被当众臭骂的浩三耷拉着脑袋,而被说成"呆呆的"浩一也不知母亲口中的这个词是褒是贬,尴尬地笑了笑。

天色渐暗,就在店铺准备打烊的时候,止婆竟然出现了。浩一挠挠头,一脸歉意:"就剩了些不好的了。"

"没事儿。我就是瞅着这个点来的。剩下的会便宜点吧?"止婆老练地问道。老板娘注意到止婆身上穿了一件很亮眼的蓝纱,便问道:"您这是去哪儿了呀?"

"就上你们这儿买东西。"

"还特意穿了件这么好的衣服?"

"这是我穿了多年的纹纱。只不过重上了糨糊,看起来新而已。眼看这夏天就快过去了,得穿点当季的好衣送送它。"

止婆把价压到不能再低后,递过钱去。然后接过石鲈切块,小心翼翼地放进手提袋里。

"是吗?"老板娘兴致索然地回应着。

"当然是了。"止婆鼻息粗重地继续说道,"季节更替意味着即将过去的季节已疲惫不堪。所以至少我们应该穿上当季的华服与它道别。简衣粗布的,恐怕季节都不能安然离去。如今这个世道,为了赶时髦,早早地穿上下季的衣物,我觉得再也没有比那更难看的了。而且新鲜劲儿一过,就扔在一边,这种忘恩负义的事情可万万做不得。穿戴整齐送它最后一程,那才叫风雅。"

止婆也不在意周围人的冷漠,说完这番话。最后她用生意人的口吻说了句"多谢",便走了。威严凛然的和服背影在业已疏懒的残暑中悠然远去。

最终,出江在那里待了六天。第六天早上,老人泪眼婆婆,年轻夫妇一再挽留:"再多住几日多好。"

"我还会再来的。"听到出江的承诺,他们才放手。"一定的要再来啊。"

这句听起来有些奇怪的"一定的"是此地的方言。出江也是从前来他家过盂兰盆节时才知道的。那时，她觉得在"一定"后面加一个表示强调的"的"很好笑，在他面前不止一次笑出声。每次他都会一脸茫然，然后极其不确定地吐出"的"的音。他们互相承诺的许多次"一定"，在那之后也变得模糊起来。

出江不想让他们相送，便在家门口道别。几度回首，他们依然还在挥手。沿着河边小路走到山后时，才看不见他们的身影。标本箱留在了他的房间。放在那里的话，应该不会被人遗忘。

快到巴士站时，出江再次踏入那片墓地，沿着茶田间狭窄的石阶往上爬。墓地很小，只立着几块祖先的碑石。站在这里抬头望去，斜坡上整面的柑橘地与天相接。她很喜欢从这个角度看到的风景。

这时，视线里出现了一对男女，在柑橘树下喃喃细语。看不清脸，只看见男子衣冠楚楚，穿一身小仓棉①裤裙。女子着一件茶绿黄绿方格和服，与风景相映成趣。

出江想起她曾经也有一件茶绿色格子和服，与他在一起的时候经常穿。

那件衣服去哪儿了呢？

她垂下眼帘蹲下来，在墓前双手合十。

---

① 小仓棉：小仓，地名，位于日本福冈县北九州市，因盛产木棉面料而闻名。

"去哪儿了呢?"她对着墓碑轻声自问,闭上了眼睛。

不知过了多久,出江才起身朝石阶下走去。这时,耳边听到一个声音:"什么时候觉得累了,就回来这里生活。"

她惊讶地朝柑橘地望去。还以为是那对年轻恋人说的话,但柑橘地里早已寻不见二人的身影。

出江家终于亮起了灯。

浩三呆呆地望着灯光,仿佛看到了幽灵一般。他内心有些迟疑,脚下却快步向前。他大喊一声"出江",便哗啦一下拉开玄关的大门。厨房里,他看见了出江熟悉的身影。

"小浩,你来得正好。给你带了礼物。"音容笑貌依然如故。浩三开心地在玄关口团团转。他在地台上坐下,将这几日发生的事情一股脑地说给出江听。其实他最想问她这些天去哪儿了,都做了什么,止婆说的"来世"是什么意思。但是隐隐感觉到的害怕让他将这些疑问统统憋回肚子里。他继续连珠炮似的说着其他事:"止婆那天很奇怪,穿了一件很正式的和服。"

像是身体从陡坡上滚下来,双脚控制不住地翻转一样,浩三的舌头叽里咕噜地转动着,并且在所有换气的地方都穿插进了快活的笑声。"说是为了给季节送行。你说奇不奇怪?"浩三故意说得很滑稽。

出江却垂下眼帘:"是啊。特别是夏天,更应该好好送送它哩。"语气平和,却又透出自古习俗便是如此的坚定。

"为什么只有夏天非得给它送行呢?"

"因为只有夏天结束了就结束了。春天也好，秋天也罢，还有冬天都有下一季接应，只有夏天才会'结束'，对吧？"

未曾想过的问题，浩三不知如何回答。确实，没有"春天结束""秋天结束"，也没有"冬天结束"一说，只有"夏天结束"才有着清晰的模样。

"可是……眼睁睁地看着它消逝，真让人惆怅。"浩三用木屐踢了两下地面。

"是啊，"她回应着，半张着的嘴似乎还想继续说点什么，又轻轻闭上了。一股潮湿的空气从敞开着的大门外涌入。

"总之，只有夏天才会'结束'真是一件不公平的事。"身体似乎要被湿气淹没，浩三故作轻松地发出一串笑声。然而，出江却没有像往常一样微笑着回应。她一边在围裙上擦拭着刚才洗刷时弄湿的手，一边望着窗外。侧脸流露出一副不让人靠近、心不在此处的神情。

"真的是不公平啊。"

天才刚暗下来，长屋已寂如深夜。

秋天的气息已触手可及。但它却没有向夏天伸出手，而是屏气凝神地看着它枯槁老去。

晦日糕点

"我去了趟德岛。"青年说。

"去做什么?"出江和止婆看着这个站在玄关口的青年,异口同声地问道。外面的天空澄净如洗,高远得有点令人发慌。青年神情凝重地发出的叹息声,也随即被吸附到天际。

"因为德岛有大麻比古神社啊。我去拜了拜。"

大麻比古神就是天照大神藏于天岩户①内时献榊木的天太玉命。其孙天富命是麻楮栽培之祖先。青年以为做丝线生意的自然也能得大麻比古神的佑护,就果敢地前去朝拜了。

"其志可嘉也。"止婆很不屑地一笑。

青年可怜兮兮地解释道:"那个人造丝样品,在那之后我也尝试了很多遍,但总归做不出那个味道。又不能半途而废,传统的草木印染费时费工,成本太高。看这趋势,被人造丝取代是迟早的事。可是加了人造丝后,怎样才能保留质

---

① 天岩户:日本神话中的一个地方,指岩石形成的洞窟。

感，又是一大难题。一来二去就不知道该怎么办了，整个人都快崩溃了。"

"这也太夸张了吧。所以你就翻过箱根山去了德岛？"

"是，只能求神拜佛了。"

"嗯——如此这番苦心，想必应该求到真经了吧？"

"那个嘛……虽说对方是大神，但事情也不会那么顺利。首先要得到神的信任才行吧？这就得花时间。那还不得去上个四五趟？信仰这东西就是这么养成的。"

青年弯下腰，饮了一口出江端来的荞麦茶。突然他大腿一拍："哎呀坏了！差点忘了正事。我还得去拜访客人！"说完，就慌慌张张跑出去了。

看着青年背上乱晃的包裹，止婆一边打哈欠一边说道："有去德岛的闲工夫，还不如找同行聊聊，去其他工厂看看，都比这强。脑子就不能再灵光点。"出江笑了笑，回到了裁剪台前。格子窗外，正好浩一经过。浩一看见出江，就站定恭敬地鞠了一躬。

"要出去？"

"是的。先去趟店里，再出去一下。"

"今天店里不是休息吗？"在玄关趿拉着木屐的止婆问道。

浩一很有礼貌地回答："是的。但是想趁着今天店里没货，把店铺里里外外都清洗一番。"

"这么说昨天就把所有的鱼都卖完了？"

"就剩了两条，不过快打烊时，都送给最后来的客人了。"

止婆一听，脸色大变："你也不知道给邻里分一点，在那种情况下，给这边送来才说得过去吧？"

浩一还没听止婆说完，眉头就皱了起来，两只手不安地搓着。

"应该是给了老主顾了吧？"出江赶紧替他解围，"浩一可是进货好手。他进货的量都是刚好能卖完的。老板娘说，浩一能把客人的脸全部记住，然后从他们脸上的表情就能知道今天哪家会做鱼吃，他就按照这个来决定进货的量。"

出江越表扬，浩一越觉得不好意思。他说："那都是我母亲的功劳。她很懂得怎么把鱼卖出去。连做法都给客人教，我在一旁听着都觉得好吃。"

"那看来应该找你母亲理论去。问问她为什么不给剩点，连邻里情分都不顾。"止婆不依不饶。浩一一下子愣在了那里。

"开玩笑呢，止婆在跟你开玩笑。"听出江这么一说，浩一这才摸摸胸口，松了一口气。真的是手掌平贴在胸口"自上而下摸了一遍"。止婆忍不住尖声大笑起来，把浩一弄得愈发尴尬。他匆匆打了一声招呼就离开了。"看他那样子！只要想起他这副模样，这几日都不会无聊了。"止婆捧着肚子笑得停不下来。

浩一有一个不为人知的乐趣。每月一次，在月末最后一日去。十月的最后一天是星期二，正好是鱼铺的店休，所以浩一一大早开始就满怀期待，等到下午三点。多亏有了这个乐趣，让这一天变成极其奢侈的日子。

天满宫的后巷有一家名叫光月堂的日式糕点铺。

浩一步履匆匆，心无旁骛地朝糕点铺走去。出了鱼铺往大街一拐，穿过天满宫的鸟居，下到后面的男坡。绕过民家门前的篱笆曲径，就能闻到赤豆翻煮时蒸腾的香气。

浩一顿时宛若置身于梦境中一般。他沿着店铺后面低矮的竹篱笆墙，绕到操作间的窗外。像往常一样，他喜欢从这里往里偷看。操作间内，老爷子正在把刚煮好的赤豆从大铁锅里盛到铝盆里。

只见他缓缓地用勺子捞起豆馅儿，控了一下水，轻轻往盆里一扣。然后又捞一勺，轻轻一扣。望着如小山一样堆起的热气腾腾的豆馅儿，浩一忍不住直咽口水。老爷子手拿勺子的动作流畅漂亮，像极了他在广场上看过的唯一一次管弦乐表演的指挥。

浩一出神地看着，突然发现旁边还有一个人，做着同样的工序。虽然被什物挡住，只看得见手，但手法与老爷子相去甚远。只见他手拿小铲，狠狠地在锅里挖了一铲，倒进铝盆后，再用铲子使劲一压。豆馅儿瞬间缩水成一个发黑的硬块。

——如此用力挤压，豆馅儿能好吃吗？

浩一心情复杂，如同眼睁睁地看着自己翻阅无数遍的珍贵绘本被撕碎一样。

果不出所料，里面传来了老爷子的呵斥声。"喂！我不是都说了要按我的做吗？"

"是。"回答倒是很干脆，但他似乎没有意识到自己错在哪里，手法不见有任何改变。

浩一逃也似的离开篱笆墙，进了店。看着满满摆了一柜台的糕点，浩一内心一下子被喜悦包围，刚才操作间里的那一幕也被他抛到脑后。

栗子羊羹①、金锷烧②、素甘③、御手洗团子④。练切⑤是应景的红叶。

店里没有人看店。叫唤一声的话，会有伙计从里屋小跑着出来。在那之前，可以慢慢挑选而不用顾及伙计的目光，这让浩一觉得非常轻松。这天也和往常一样，浩一大概花了三十分钟欣赏完糕点后，才朝帘子后面喊人。

出来的竟是老爷子。

"噢，这个月也来了啊。"老爷子擦了擦头上的汗，微笑着说道。他花白的头发剃得短短的，着一身潇洒的蓝木棉工作服，再配上一口地道的江户腔，显得非常洒脱。

"这个月我想要练切。"

"好。这可是我的得意之作。呃，不过我们店所有的东西都好吃。"

老爷子一边包着糕点，一边自言自语，"对了。应该让浩一也认识一下。"说完，就朝帘子后面喊了一声。很快，帘子后面出来了一个年轻人，身形高大瘦削，脸上还缀了几颗

---

① 羊羹：红豆与面粉或者葛粉混合后蒸制的果冻状糕点。
② 金锷烧：用经过煎烤的薄薄的面饼裹在方形红豆糕四周制成的糕点。
③ 素甘：蒸熟的粳米粉里加上砂糖搓成长条形，切成一定厚度的片状糕点。
④ 御手洗团子：糯米丸子串。
⑤ 练切：用白豆沙馅加白玉粉揉成各种形状的糕点。

青春痘。

"这,是我们家的继承人。"老爷子说。年轻人朝浩一轻轻点头示意了一下。

"啊,是您儿子吗?"

"不是,是女婿。下下个月开始正式接班。现在正在修行。还请你多关照。"

老爷子又转过去对女婿说:"这位是每月必来一回的主顾,也是每次只买一个的小气鬼。"

浩一不好意思地挠了挠头。老爷子见状,发出了雷鸣般的笑声。就在浩一点头致意时,他注意到了年轻人手上沾了一点豆馅儿。浩一想,刚才那个握铲子的人就是他。

丝线铺青年"哟——"的一声,拉开出江家的门。只见玄关的地台上坐了一位陌生人。

"抱歉,现在家里有客人。订单我已经写好了。"出江从工作间的架子上取了一张纸条递过来。

青年一边接过纸条,一边偷偷打量这个男子。身穿捻线绸夹衣,头戴一顶鸭舌帽,脚套一双天鹅绒布袜。年纪四十岁上下。看着像商人,可是既没在看订单,又没在看样品,也不见有商品拿出来。看不出他的来头,估计是上门推销的吧?青年心想。他竖起耳朵偷听两人的对话:"呃,一件带有垂重感又不失小田原风,另一件秋风拂过溪流,差不多是这种感觉吧?"

"原来如此。不错不错。那前一件可用大岛,后一件的话，可用友禅①，不过我觉得不妨选用鲛小纹②会更有趣。"

"好，那就按您说的。"

"好。备好后我给您送过来。"

寥寥几句后，男子就起身走了。青年赶紧收好订单，草草地和出江打了个招呼，也跟了出来。在银杏旁的石阶上，青年追上了男子。青年自报完家门后，试探性地问道："十分抱歉，可否请问一下您是做什么生意的？咱们应该不是同行吧？"

男子有些讶异，转而洒脱地回道："就如您刚才听到的，我就是做面料生意的。"

"做面料生意的？是吗？那刚才是在下订单？"

"是，当然。"

"可是，您不觉得出江故意说得很含糊吗？我以为一定是暗号之类的东西。"

"暗号？为何下订单要用暗号？"男子轻轻取下鸭舌帽，侧着头想了想说，"一直都是如此。"

"啊？一直都是？那样含糊不清的说辞，一定让您很为难吧？出江也真是的。给我的订单就写得非常详细。"青年取出刚才的订单，在男子眼前晃了晃。"她都是写好给我的。有时候还会附上颜色的样本。"

男子直直地盯着青年的眼睛，说道："是吗？那可真让

---

① 友禅：即友禅染，日本特有的印染技法。纹样多人物花草，极尽绚烂奢华。因京都画师宫崎友禅斋所绘而闻名，故取名友禅染。

② 鲛小纹：像鲨鱼皮一样的碎小纹样。小纹是指按和服上纹样大小，将碎小的纹样称为小纹。

人羡慕。"青年更加得意，又接二连三地问了许多问题：那些面料恐怕一时半会儿也置备不齐吧？出江也真是太过分了。不过您可不能糊弄。话说回来，以前都没见过您，您一般都把面料卖给哪些客人？男子只是嗯嗯附和，并未做过多回应。等下到坡底时，男子指了一个与青年步调相反的方向，说："我往这边。"

"这样啊？那就此告别。想必您会很辛苦，请加油！要是有什么困难，可以随时来找我。凭我和出江的交情，一定能帮到您。"

青年昂扬地伸过来一只手。男子刚跨出去的脚又收回来，脸上发痒似的拧起半边脸，说道："您还是操心一下您自己的事吧。也请您加油！"

望着男子远去的背影，这回轮到青年一脸错愕了。

关上店门，浩一径直来到音无坡，欣赏两旁的红叶。恰巧遇见了光月堂的老爷子。

"哎呀，你也来看红叶？"

"是的。回家刚好路过。"

"我是今天店休，出来转转。"

老爷子的气息带着酒气。

"在这儿碰见就不能放你走了，怎么样，来份弥太一？"

"弥太一？那是什么？"

"你连这个都不知道？现在的年轻人啊！"

老爷子胡乱解释一通：豆腐以前叫"弥太"，就着煮豆腐喝上一杯，就叫"弥太一"。比起这个，浩一更想知道为什么豆腐有一个像人名一样的称呼。问了老爷子，老爷子扔下一句"不知道"，就钻进了一间小酒铺。

几杯下肚，老爷子显得更加兴奋，一直开着无聊的玩笑。不过，当浩一被他的情绪传染，顺嘴说了一句"今天看您心情不错"时，老爷子却一下子蔫儿了。浩一有点不知所措，脑海里闪过一个词——"洒了盐的青菜"。他赶紧捂住自己乱说话的嘴。

"其实干了一架。"老爷子猛地一口干完，"和女婿，今天中午，干了一架。"说着，连扇自己好几巴掌。"也不能说干架。我再怎么生气，那家伙也不会还嘴。但是女儿听了就不乐意了。"

端来的煮豆腐，老爷子碰都没碰。他絮絮叨叨，就像念经一般，声调没有顿挫。看着热气腾腾的煮豆腐，浩三一直找不到动筷子的时机，将手里的湿毛巾叠起来又摊开。

"活到这把岁数，耐性还是不够啊。每天一起工作，一看那家伙完全不按我说的来，我就上火。再怎么手把手给他教，就是不会，压根儿就不用眼睛看。估计他觉得我这是故意在刁难他。"

他倒了倒酒壶，见没酒出来，就朝里面大喊一声"再来一瓶"。

"就说这个豆馅儿，往铝盆里倒的时候，他就使劲儿拍，这一拍馅儿就没法用了嘛。"

"啊，我一直都想请教您，您每次都轻轻地把馅儿往上一扣,这样做是为了保持豆馅儿的风味吗?"

浩一饶有兴趣地往前凑了凑。

"哟,还是你看得仔细。就是这么回事。轻放是为了趁热让空气进去,馅儿一下子就能变得松软,也能去掉豆子本身的苦味。豆馅儿里面的余热也能散掉,就能放久一点。"

"说不定您的徒弟想知道这一道道工序的缘由呢?"

"我才不会给他说。这些都是要靠自己慢慢去领悟的。"老爷子有些激动,"记住了,浩一。只有自己领悟到的东西才能成为自己的。如果眼睛看而不得要领,那就说明这个人没用。那家伙连我和他的手法不同在哪里都不明白,一说起这个我就来气。"

那晚,老爷子喝得酩酊大醉,向浩一倒了一肚子苦水。但是浩一没觉得麻烦,反而挺同情老爷子的。因为是自己的女婿,说话做事难免得有所顾忌。埋怨归埋怨,最后总不忘添上一句他的好话。比如性情温和、善良、有男子气概。他一边替对方解围,一边独自生着闷气。

浩一试着站在弟子的角度想了想。从捏制造型到煮赤豆、舂糯米——关于和式糕点制作过程中不可或缺的繁多技艺,如果处处被人念叨怎么做的话,反而会更加无从下手。就像本该用手、鼻、耳把握的咸淡,硬是用时间、分量、尺子来衡量的话,脑子一定会混乱。做出来的糕点含在嘴里,有如舌齿间含沙,不但无法愉快享用,更说服不了胃。

喝得不省人事的老爷子被浩一架到光月堂的时候,已经过了十点。"哎呀,爸爸!"女儿飞奔出来,不停地给浩一道歉。浩一也跟着道歉："是我让他喝这么多的。"那个徒弟也出来了，和女儿两人一起把老爷子抬进屋，而后又跑出来向浩一郑重道谢。

"跟您父亲聊天很有意思，聊着聊着就把时间给忘了。"浩一一再道歉。

"聊天？"徒弟听了有些意外，"他在店里可是基本不说话的。原来会跟客人聊天的啊。"他挠了挠脸，看上去有些失落。

"也是偶尔。一直以来，你们家的糕点就是我活着的意义。"

"活着的意义？"弟子认真地看了看浩一的脸，微微抿了抿嘴角，似乎是在忍笑。"我对这个店还没有这么深的感情。上手挺难的，因为父亲什么都不教我。"

他只是坦率地吐露自己的心声，并非在指责老爷子，浩一能感觉到。比起老爷子对他言辞激烈的抱怨，他的这点小想法实在算不上什么。

"啊，实在抱歉，对客人说这些。"他的声音明朗洪亮。这应该就是他真实的秉性吧？开朗又知分寸，意气风发。虽然还没习惯新的工作环境，但对马上就要以女婿身份开始的新生活充满了期盼。

浩一能感觉到，所以不由得说了貌似不该说的话："最重要的技巧很难用语言说清楚。我在鱼铺负责进货，也没有人教我如何识货。可是如果有人教的话，我反而会糊涂。况且每个人的方法也不一样。所以我觉得要多看，才能摸索出自己的方法。"

弟子的脸僵住了。突如其来的说教让他困惑不已，而且对方还是一个比自己小很多、每月只光顾一次的客人。"在来这里之前，我也在别的店做过学徒，自认为是有底子的。"

"但是……"喉咙被卡住，浩一咳了一下，继续说道，"老爷子的糕点可是天下一绝，我没吃过比这更好吃的。"

"所以，你想说什么？"

这时，刚好老爷子的女儿从里屋出来。她看见默默对峙着的两人，皱了皱眉头问道："你们怎么了？"

浩一低着头默默离开了。他无精打采地走了几步，不知为何感到很寂寞。不是愤慨，也不是难过，而是寂寞，还有一点后悔：自己说得有些过了。他被这种莫名的寂寞感包围着，步履沉重地往巷子走去。

第二天，浩一回长屋吃午饭，从出江家窗前经过时，被出江叫住了。她递出来三个橘子："这是今早布店老板给的。是早橘，不过很甜。"

"嗯——，纪文也来过了啊？"浩一开玩笑道。

"纪伊国屋文左卫门①？你年纪轻轻的，还知道这个？"

"因为河岸那边老人多，经常会听他们讲很多以前的事。"

"是吗？"出江笑笑，又颇自豪地添了一句，"我们的这位布店老板也是很博学的呢！"据说他每次总能从几十上百种

---

① 纪伊国屋文左卫门：江户时期的富豪。传说此人挥金如土，生活奢靡，将财富挥霍一空，故亦被称作纪文大尽。

面料中，为她挑选出最为合适的一款来。这还是第一次听出江把生意上的搭档称作"我们的"。他应该是出江非常信赖的人吧？浩一心想。

"你想要的面料，是怎么给他说的呢？"

"如果确定好纹样的话，就说铭号。要是只有一个大概印象的话，就凭感觉说。"

"凭感觉？"浩一惊讶地伸长脖子。"那，布店老板能明白吗？"

出江低下头："要是不能明白的话，那就没法一起工作了。"说完，她将目光转向裁剪台。

浩一顺势看过去。裁剪台上放着一块绘了流线小纹的浅紫色面料。那是前所未见的纹样，像水面上的涟漪，美得令人窒息。浩一手捧橘子，望着布上的风景，久久说不出话来。

十一月的最后一天。

浩一犹豫了半天，还是去了光月堂。虽说见了那个弟子难免会尴尬，但倘若不去的话，恐怕老爷子会多心。而且浩一也无法忍受自己唯一的乐趣被剥夺。

像往常一样，他先摸到屋后，隔着竹篱笆朝操作间里看。正好又是赤豆快煮好的时候，屋里弥漫着浓郁的豆香味。热气氤氲中，有一只手在忙碌。平缓地捞起，裹带着空气轻轻倒出。然后又平缓地捞起——浩一正看得出神，突然心里打了一个问号。这手法虽不及老爷子的娴熟，却完全汲取了动作的精髓。浩一换了一个角度，继续朝里面张望。他惊呆了，原来握勺子的是那位弟子。

老爷子在边上做着其他活儿，时不时转过去看一眼女婿，提醒他"再麻利一点"。只是那声音不同于以往，多了几分安心。

浩一半信半疑地走进店里。一不留神在还没选好糕点之前，就朝里屋喊了一声"不好意思"。他惊慌失措，但已有伙计擦拭着围裙从帘子后面走了出来。偏偏就是那位弟子。

他见是浩一，惊讶地发出了"啊"的一声。转瞬又镇定下来，在柜台前站定，问道："您要点什么？"

浩一慌忙扫了一眼柜台，"呃——那个——"支吾了半天，最后要了一个金锷烧。他浑身冒汗，将钱放在柜台上。钱数刚刚好。

弟子将钱收进一个木箱，取了一个金锷烧放在木纸片上。稍做迟疑，又在旁边放了一块菊花状的练切。

"啊，我，只要一个。带的钱只够买一个。"

弟子没理会，将木纸片儿打了一个结，用包装纸包好。他递给浩一，语气生硬地说道："这是上次的一点心意。这一个的钱，我会补上的。"说完，就钻进里屋去了。

只留下浩一在店里。他看看手里的糕点，又看看帘子，站在那里半晌未动。最后他再次看了一眼手里的糕点，朝着帘子深深地鞠了一躬。

出了店，沿后巷往回走。他将糕点捧在胸前，宛如捧着从鸟巢里掉落下来的雏鸟一般小心翼翼。

——和谁一起分享光月堂的美味呢？从店里出来，浩一就满心欢喜地想着这个问题。

酉市①之夜

出江这几日足不出户,没日没夜地守在裁剪台前,赶制一件蜀锦狩衣②。与之配套的,还有一件指贯③,都是一年前受一位客人所托,要赶在年内做好。

客人说,装束都是代代传承下来的。如今"翁④"的装束已磨烂褪色,不好缝补,就决心重做一件。这不是悲伤的事,应该庆贺才对。因为这是演员呕心沥血、舞艺精进的见证。二百年过去了,男子最后说道,二百年过后它又得以重生了。

出江把古老的装束放在旁边,对照着形状和结构,一针针缝过去。狩衣的面料依旧还是请那位布店老板定制的。

---

① 酉市:农历十一月酉日于浅草鹫神社举办的庙会。该神社位于东京台东区千束。
② 狩衣:原为狩猎时所穿衣着,江户时期演变为神官服。
③ 指贯:指纽扣通过衣服下摆直至膝下的封闭袋状袴裙。
④ 翁:能乐表演中扮演老者的角色。

"呀，这个……"当时接过这套老装束时，布店老板感慨道，"这个织法现如今不多见了，嗯，不过应该有资料可循。就交给我吧，可能会花点时间。"

面料做出来，比出江想象的花了更长时间。不过慢工出细活，做出来的面料无论纹样还是织法，都丝毫不差地还原了本来的面貌。只是颜色与旧装束一对比，呈现出近乎刺眼的鲜艳。

"这颜色看起来很刺眼吧！"布店老板抱歉地说。

"但是这应该就是本来的颜色。您是按着旧装束的颜色推测出来的吧？"

听出江这么一说，布店老板松了一口气。他点点头："光这一步就耗费了不少工夫。要推测出它是怎么褪色，怎么弄脏的，实在不是件易事。"

"若干年后，这块面料也会变成旧装束的颜色呢。"

布店老板正准备点头同意，又低下头："如果我们周遭的生活环境和风俗习惯不发生改变的话，会遵循相同的轨迹吧？"少了平日里说话时的坚定，多了几分犹豫。

出江的视线落到了这匹崭新的织物上。她用指尖轻抚着上面的纹样，似乎在感受它若干年后的气息。

小阳春温煦的阳光松弛了他的颈背，丝线铺青年伸了一个大大的懒腰。"午饭过后，要不要去赏个菊呢？"他自言自语，又打了一个大大的哈欠。

"大少爷！"斜后方有人小声叫唤了一声。

青年赶忙将打了一半的哈欠收回去。扭头一看，是老掌柜。他赶紧做出一副严肃的表情，但是泪汪汪的眼睛骗不了人。

"您在店里这副模样，要是被客人看见就不好了。"

"知道了，知道了。别说出去。"

连着这几日，青年诸事不顺。

人造丝的尝试依然不见眉目，筛选色号进行量产的想法也不了了之。最终只能按着父亲的那一套，重复着毫无起色的工作。那自己继承这个店还有什么意义？特地跑去德岛的大麻比古神社祈愿，最后也不见幸运降临。看来十月去祭拜本身就是个错误。十月是神无月，估计大麻比古神也离开德岛，前去出云大社了。那么我就是拜了个空神？哈，哈，哈，想到这儿青年偷偷干笑了几声。

这时，"欢迎光临！"旁边的掌柜鞠了一躬。青年也连忙跟着弯腰。

进来一名男子。

他身形高大，一身黑色绸衣，风流倜傥。但比起衣着，青年更是被他的身段所吸引。竟是如此优雅，不，确切地说是幽玄。虽然他不确定幽玄的意思，只觉得这个词用在男子身上最贴切不过。男子后背挺成一条线，腰肩平稳如山，步伐流畅如蚊虫。青年看着他，竟产生了一种观舞的心境。

下意识张开的嘴巴被老掌柜不动声色地合上了。

"今日主人外出，由我来招呼您。"老掌柜展现出青年未曾见过的恭敬，躬身朝男子走去。身为学徒的青年赶紧铺好坐垫。男子轻轻点头致意后坐下。青年正看得出神，只见掌柜朝他招招手。

"这位是本店第八代传人。您还未见过吧？"掌柜掌心朝上指向青年，问道。

男子回了一声"是的"，这才看向青年。狭长内双的两眼摄人心魄，惊得青年不由自主地后退了半步。老掌柜使了使眼色催他打招呼。青年擦了擦额头上的汗珠，咳了一声正准备说话，男子的目光已经转到了后方的丝线架上。

"不好意思，请问有没有蓝色的线？我想看一下。"男子对掌柜说道。

我都准备自报家门了！——青年愤然地瞄了一眼客人。咦，好像在哪里见过？是在店里，还是在哪儿来着？就在青年搜索记忆的片刻，老掌柜已经端了一个漆盆过来，速度之快令青年瞠目结舌。除了自己以外，其他人都在机敏地做事。

男子端详着漆盆上的丝线，确认手感，比较色泽。就好像自家的店在接受评议一样，青年的后背腋下都在冒汗。在招呼的老掌柜想必应该更是胆战心惊吧？青年偷偷瞄了一眼，但是老掌柜与平常一样，镇静自若地端坐着。

过了许久，男子才看完，将丝线放回漆盆。往常老掌柜都会问"您意下如何"，奇怪的是这次他什么都没说。男子敏捷地起身，掸了掸衣服的下摆，留下一句："我回头再过来。"

便悠然离去。

青年张着大嘴，掩饰不住震惊："啊？什么都不买。"

"这位大高先生是老主顾了。大少爷您最好也记住。"

"老主顾了还什么都不买？"青年噘起嘴。

"虽不直接在店里买，但凡经大高先生过目的，过两天自然会有裁缝铺来下单。就是那家，大少爷经常去接单的，就在天满宫附近的……"

"出江？"

"对。老夫认为是大高先生给裁缝铺指定的线。"

"我没听出江说过。问题是，为何要如此麻烦？要是有看上的，当场买下，直接送到裁缝铺不是更快吗？"青年双手抱臂，看着大高消失的方向说道。

"细致的客人连丝线都会很讲究，而且不忘听取匠人的意见。大高先生应该是给裁缝铺提议。他的和服造诣也非常之深。"

青年并未释然。事先查看丝线，真是前所未闻。再怎么说都是缝到衣服里的东西，有必要如此讲究吗？"难道不是只看不买？"

青年的疑虑让老掌柜有些失落，不过他马上振作起来："即便是只看不买，我们的待客之道也不应有变。我们的职责是做问心无愧的丝线。"

老掌柜口中的"我们"似乎并未将青年包括在内。青年有些不悦，便没再吭声。

四周突然暗了下来。之前与菊花相映成趣的辽阔晴空，转瞬间被浓重的乌云遮盖。

今年有三个酉市。

从几年前开始,井崎屋买竹耙的任务就交到了青年手里。可是青年对这种被迫迷信的行为却不以为然。他一边敷衍着"我一定会去的",一边迟迟不肯动身。在错过了第一个和第二个酉市,直到第三个酉市临近时,老父亲终于忍无可忍:"你到底什么时候去?可没有第四个第五个酉市等着你!"听那咆哮声,全然不像是年过半百的老人。无奈青年只好动身,前往远在千束的神社。

神社内人头攒动,置身其中,犹如成了笸箩里的豆子。就为了一把竹耙……看着周围的热闹劲儿,青年顿时失去了兴致。商人们倾囊为竹耙,迷信求兴隆,令青年不禁哑然。换作是我,还真做不到,青年小声嘀咕。

成排密布的小摊铺前,声势汹涌的吆喝声和随声附和的拍手声此起彼伏。青年还想着慢悠悠地挑选竹耙,人群却从四面八方挤撞过来,还骂骂咧咧的:"干吗呀,笨驴!""笨驴"这个词止婆也用来说过他,好像父亲也这么骂过他。大家不约而同地用了同一个外号,也算是个小小的奇迹,青年心想。

"难不成这是我的个性?……"

他自言自语,然后心悦诚服地点了点头。

青年随便选了一个竹耙,正准备快步离场,象征吉祥的八头芋映入了眼帘。顺便买上一个吧,青年拿起一个放在灯下看。"咦?"他朝人墙后面伸出脑袋,"那位不是……"

男子与之前来店里时别无两样,浑身沉浸在一种深远的静谧之中。客人们的雀跃声,摊贩的吆喝声,似乎在他四周就戛然而止了。

名字叫……对了,老掌柜说叫大高,是店里的常客。作为第八代传人,是不是应该上去打个招呼?青年有些犹豫。可即便叫住了,也至多打个招呼,此外想不到任何可以交谈的话题。虽然可以问问,为什么来店里只看不买?但是这个问题很有可能会被理解成质问,日后万一被老掌柜知道了,少不了一顿训斥。还是算了,青年正准备悄悄背过身去。突然,"哎呀,真是奇遇啊!"肩膀被人拍了一下。青年转过身去,惊讶地张大嘴巴。竟是大高!简直就是瞬间转移,太神奇了。

"啊,不,呃……上次谢谢了!"

青年的嘴巴像老牛的反刍一样咕哝着,打了个不得要领的招呼。大高注意到了青年手里的竹耙。

"你对生意甚是上心。"

"没有,什么呀。迫于我父亲的命令,不得已罢了。"青年低下头。

"看来令尊对你颇为用心,"男子回道,"是为传授生意之道也。"

比起大高说话的内容,青年对他陈腐的措辞更加在意。

简直就像猿若町①剧目的开场白。

"正有意去小酌一杯,一起如何?"大高做了一个干杯的手势,未等青年回应,便两手抱在胸前往外走去。

"哎?不。小酌?"事情变得更加奇怪了。两个人独处,实在不知该说什么好。

远处响起了雷鸣声。不知是谁携雨而来了。

大高穿过神社境内,信步前行。青年跟在后面,穿梭于房舍密布的窄巷间。突然,前方视线一下子变得开阔。

一片广袤的田地在面前展开。这一带有田地吗?依稀记得应该都是人家啊——青年歪着脑袋满脸狐疑。这时,眼前出现了一面等身高的土墙和一扇高耸入云的黑漆大门。

"这里是……"大门里面是流光溢彩的街市。而不久前这里应该还是萧条的烟柳巷。"哇,这是怎么回事?还从没见过这里如此繁华。酉市之日都是此番景象吗?"

大高没有回应,从回头柳②径直上到衣纹坡。跟在后面的青年再次被震慑了。

吉原③内人山人海,人声嘈杂。

其实青年来过两回衣纹坡,偷偷朝正门里看过,但如此

---

① 猿若町:东京都台东区的地名,大致位于现在的浅草六丁目。拥有中村座、市村座、森田座三大歌舞伎剧院。
② 回头柳:吉原花街正门外的柳树。朝归的客人走到大门外柳树的位置时,一般都会回头留恋,由此得名。
③ 吉原:旧时东京都台东区的花街柳巷。

杂沓的光景还是第一次见。可能因为当时没有勇气踏足门内，未发现里面的盛况罢了。

近来去烟柳巷多半以穿洋装为主，但这一日，嫖客们清一色的和服，甚至还有人绾着发髻，戴着兜帽，腰间别刀。青年开始怀疑起眼前这番光景的真实性来。

"等一下，那个，这究竟是……"小跑着跟上大高时，青年不由得停下脚步。面前出现了一家非常气派的茶馆。

"就这里，我常来的茶馆。"大高不容分说地指定好店家，也不顾青年的疑虑，拨开布帘钻进店去。里面传来"高先生，高先生"热闹的叫唤声，估计这里的人都是这么称呼他的吧。

被晾在门外的青年惊恐不已。现在回头还来得及。但是不与大高知会一声就离开，又实在说不过去……他在门口左右徘徊，终于咬咬牙，用额头拨开了布帘。

他晕晕乎乎地跟在一名引路女子的后面，感叹着走廊的锃亮、障子门的精致、墙上毛笔画的豪放、水晶摆设的绚烂。被带到会客间后，依然飘忽得分不清方向。此时大高已在下座坐定，把上座让给了他。他惶恐地要求换座，"今晚你是客人。"大高平静地拒绝了。

"那个，您是这里的老主顾了吧？"青年一边仔细环顾着四面，一边问道。

"是，自小就常来这里。"

"是吗？看来您年轻时就喜欢流连此地。"青年意识到自己的这句话有些低俗，不禁局促起来。

大高却不失微笑，不紧不慢地解释道："这是家里代代承蒙关照的茶馆。第一次就是父亲带我来的。"

"啊,原来如此。您说代代,看来大高先生府上也是源远流长。我家到我也第八代了,但是与这种地方无缘。敢问府上是做什么生意的呢?"

大高没有回答,只见他用手里的扇子咚咚敲了敲榻榻米,似乎一直在某处候着似的,两名艺伎应声出现。一人怀抱三味线①,一人手握扇子。二人三指拄地,行了大礼。礼毕,年长的那位艺伎开口道:"今夜还有一位,不知高大人是否介意她跟随?她还是学徒,宴会表演还是头一回。所以恳请能在高大人的席间表演。"

声音清脆。她见大高文雅地点点头,便朝隔扇后面下令"进来"。不一会儿,一个孩童模样的雏伎出现在面前。只见她刚盘腿坐下,便将头摔到地上似的,行了一个非常粗暴的礼,随后绷着脸重新坐好。不知是因为紧张还是生气的缘故,小姑娘倔强的大黑眼珠和呈三角形突出的鼻子显得如此醒目。

"多大了?"大高问。青年赶紧回答:"正月一过就二十四了。"看到艺伎们皱起眉头,他才反应过来大高是在问这位姑娘,顿时脸上火烧火燎的。但是,大高不动声色地接过话:"二十四?正是关键时期。"

"啊?您说的关键时期是指?"

"初心,人这一生当中打基础的时期。年幼时众人皆捧,

---

① 三味线:日本传统弦乐器,与源自中国的三弦相近。

无奈到了十五六岁,嗓音突变,加之身体急剧成长,便会事事遇挫。舞台上也罢,声音时常在关键时刻离奇跑调,受尽众客的嘲笑。"

青年眨巴着眼睛,"变声……吗?我倒是没有经历过这方面的烦恼。"

正准备问"舞台"是为何意时,大高继续说道:"而到了二十四五岁,声音趋于稳定,年轻优美的姿态亦能吸引众人的目光。身体轻盈灵动,整个人就是发光的存在,带给人感动,众人也不惜赞誉之辞。但切记这只是年轻之美,初心之美。若要真花盛开,还须砥砺前行。切不可将两者混淆。"

"借您吉言,"青年打断了滔滔不绝的大高,"我活到现在,从未受过别人的慷慨赞誉,所以不存在混淆这回事。"

大高面不改色,一旁的雏伎却露出一丝坏笑。

"总之切勿浮躁,踏踏实实打好基础最为要紧。这个时期如何度过,左右着今后的人生。是止于初心,还是成为真花——虽然有些啰唆,但请务必努力。"

对于大高的忠告,青年不知道该怎么回应。自己工作上也没有心浮气躁一说。正不得其解,挠头搔耳时,大高缓缓举杯一饮而尽,转向旁边的雏伎:"所以,你多大了?"

"十一。"雏伎面无表情地回答。两名艺伎朝她瞪眼,意在责备她无礼,但她却视而不见,将头扭向一边。青年突然觉得好像在哪儿见过她,但是无论如何也想不起来是在哪儿。青年自踏进这烟柳巷的大门,脑子就像笼罩着迷雾一般晕乎。

"对你而言,这恐怕不是你甘愿步入的世界。但是请以你自己的方式,坚持到最后。"即便是面对着板起面孔的雏伎,大高始终彬彬有礼。但是小姑娘嘴巴紧闭,充耳不闻,一直在数着榻榻米的块数。

"那,就请高大人欣赏。"年长的艺伎试图打破这尴尬的局面,娴熟地拿起三味线的拨子。弦音响起,另一名艺伎打开扇子,开始起舞。

大高端坐,看得入迷,其间滴酒未沾,甚至都忘了青年的存在。对舞艺不感兴趣的青年实在无聊,便打量起坐在角落里的雏伎来。

依旧是一副不情不愿的样子,也没在看舞蹈,只盯着半空看,宛若置身事外。西阵锦缎①的腰带里露出一块珊瑚。应该是一枚珊瑚簪子,却像是插在带扬②和腰带之间。挺奇怪的,如此一来簪尖戳到肚子,不疼吗?

"府上的丝线品质还是一如既往的好。现如今能做到如此,想必令尊费了不少苦心吧?"一曲过后,大高递过来酒壶。

"啊。是挺辛苦的。"青年原本想接着说,"不过没有我辛苦。"话到嘴边又咽下去了。

这一个月,父亲将店铺交给老掌柜,自己每日蹲守在工厂里。作为井崎屋第七代传人的他一直在尝试,如何不依赖

---

① 西阵锦缎:产自京都西阵的高级精锻。
② 带扬:系在腰带上方起到固定和包覆带枕及装饰的作用。

人造丝，在保证品质的情况下对丝线进行量产。他想扩大店面，也想提高工人的工资。倘若能够做出物美价廉的丝线，那就不会被人造丝淘汰。他就秉持这个信念，不断摸索。他就是这样的人，怀抱几个目标，并竭尽全力实现它们。

"不是我自吹，在我眼里，父亲就是高不可及的人物。认定的事情，不会轻易改变，有了梦想一定要让它实现。他到目前为止的所有目标几乎都实现了，所以还真让人有些头疼。"

"也不能说头疼吧?"大高忍不住笑出来。

"不，很让人头疼。都到这个岁数了，又是两个大男人。"

"是吗?"

"是的。"青年舔了舔酒盅，"代代相传，并不是只要守着就没事了。若不紧跟时代的话……况且七代有七代的个性，我有我的看法，要凸显出不同才行。"

虽然没喝多少，但是脑子已经开始迷糊。青年心想，按理说我这酒量不算差的呀。

"恰恰与我们相反，"大高抿了一口酒，语气严肃地说道，"我们的工作要求摈除自我，从了解前人的做法，理解其本质开始。关键在于模仿。"

"模仿?但是您刚才不是说要让她按自己的方式来吗?"

"是的。模仿于每个人亦不同，对模仿对象的领会亦有千差万别。但个性不能勉强而为之，一味盲从潮流，自然不会有结果。还应将重心置于传承上来。"

"哎呀，要是如您这般从容，怕会被时代淘汰。"

"或许如此吧？进入角色切不可有杂念。如若杂心太重，怕会从正道脱离。"

"角色？大，高先生，您是做什么的？"突如其来的嗝儿把青年的话截成一段一段的，"而且不太，可能吧？把自我，舍弃。"

"也不是不可能。你看这副躯体，"大高笑着，拍了拍胸膛，"虽看似在眼前，却有可能不在此。不是有句古话叫色即是空吗？"

"啊！"青年发出一声惊叫。他看见了黑色缩缅上赫然印着的金竹纹。

——竹醉日……像极了曾几何时在出江的工作间里见过的那件。

"啊，那个，襦袢……"突然一阵睡意袭来，大高的脸开始变得模糊，"您是，在哪里，定做的？我们，是不是在，别的什么，地方见过？"眼皮抵抗不住意志，沉沉地落下。宛如一截绸缎，缓慢而稳稳地下落。

雏伎出现在视线的一角，依旧是一副闷闷不乐的样子。大高在说着什么，但那声音像是来自水底，反复回响。

"我……"青年转动着发硬的舌头，还想说什么，随即眼前一片漆黑。

第二天一大早，浩三飞奔进出江家。

"丝线铺家的那位，在地上躺着。"

正在打扫会客间的出江被浩三一把拉上，朝巷子口跑去。东面石阶上的银杏叶堆里，青年正抱着竹耙躺地而睡。

"喝醉了，一定是。"

听到浩三的嘲笑，青年微微睁开双眼。他用像是腐烂的青花鱼一样的眼睛朝四下看了看，突然"呀，这是！"尖叫着跳了起来。

"奇怪，我怎么又睡在这种地方？"他挠了挠头，"在那之后怎么回事来着？我是怎么从那里回来的？"

出江正准备用手帕擦拭青年被露水沾湿的和服，被浩三没好气地制止了："对醉汉不用这么体贴！"

"好白的气息啊。"青年说。

"这个月是霜月啊，当然白了。"浩三回道。

"奇怪，我竟然没被冻伤？"青年上上下下拍了拍，确认了一下，"没有受伤。"

"呀，不是，这个……哎？色即是空是什么意思来着？"

"你在说什么梦话？快回去，醉汉！"

浩三的背后，响起了一个声音："这世间万物，本没有实体，皆为空也，大概就是这个意思吧？"是赶来看热闹的止婆。

青年的表情变得有些玄妙："有又没有，眼见有可能为虚，是这个意思？"随即话锋一转，哭丧着脸说，"那我该相信什么呢？"

"我怎么知道?!"止婆愕然。就在这时，青年发出一声尖叫，激起的声浪似乎要冲破空气，连带着出江和浩三也跟着震颤。

"止，止婆，那个是簪子吧?"他指着止婆的腰带问道。簪子上的珊瑚在带扬的上方露出头来。止婆低头看了看自己的腰带，"啊，这个?"似乎在此之前一直都没注意到似的，慢吞吞地回道，"这个是很久以前离家时，母亲给我做护身符用的。"

"为什么？为什么要插在腰带上？一般不会这么插的吧？"

因为语气像是在质问，止婆有些不悦："别大清早的就找碴儿。插在头发上不好看，就插在腰带上了啊。你现在才发现？一直都是这样插的。"

"一直是从什么时候开始？什么时候的事？"

真是啰唆！止婆将鹰钩鼻转向一边，"忘了。很——早以前的事了。"

"醉汉！醉汉！"浩三不住地嘲笑。"行了，小浩！"被出江劝住了。青年一动不动地盯着止婆胸前的珊瑚簪看。止婆厌恶地转了一下身体。珊瑚在朝日下泛着红光，微微染上了霜月的冷气。

扫尘与讨伐

木鱼片、鲜香菇、海带，还有菊花干①和沙丁鱼干。年糕的话，买一块大的，和止婆一分——

坐在裁剪台前的出江在纸上写下这些后，开始面露难色地拨起算盘来。算珠碰撞，发出低沉的声音。她在算盘上加加减减，拨弄了很长时间，最后将算盘一甩。总算能把这个年过过去，她松了一口气。

"出江，我走了。"浩三从会客间出来，对出江说道。

"慢点走。饭吃了吗？没有忘东西吧？"

浩三轻轻点点头，注意到了房间一角的包裹。"做完了？"

"是的，今天早上终于完工了。"

"那你昨晚都没睡？"

---

① 菊花干：将食用菊的花瓣蒸熟后，摊成海苔状晒干。也称菊海苔。

"因为今天客人要过来取。"

浩三一脸困惑,摩挲着柱子的棱边。心情就像是看见女同学摔倒,去扶还是不扶那般复杂。出江望着他那极尽温柔的面庞,心里涌起无限思念。

"不过,总算完工了,接下来就可以愉快地准备过年了。要不然,心里总有事。"

浩三神情落寞。他在玄关穿上木屐,又低低地说了声"我走了"。木屐声往西面的小径渐渐远去。直至完全消失,出江才去会客间取下挂在墙上的围裙。会客间的角落里,坐垫被整齐地叠放着。

五天前,浩三住进了出江家,至今还没有想回去的意思。昨天吃晚饭时,出江无意中说起老板娘,浩三就放下筷子低下头。本来被母亲训是家常便饭,但这次浩三似乎真的生气了。

一个人待着去!好好想想自己都做了些什么!——那日,老板娘狂风怒号、震耳欲聋。余音还未在巷子里散去,她就飞奔进出江家,在玄关地台上撂下一堆干货,低头恳求让浩三在这儿住上几日。当时老板娘已经不生气了。或许一开始就没有那么生气,看似怒不可遏罢了。

"那孩子生性敏感,应该也能觉察到。"老板娘匆匆铺垫了几句,便开始讲起事情的始末来。

事情缘起于浩三在学校与老师起的一次争执。

那天课上,班主任老师点名批评了一位名叫山科同学的成绩。

"山科担任年级长，是很懂事的一个孩子。家境也很不错，好像是大公司社长，还是议员、医生的公子，嗯，差不多就是很厉害。"

社长、议员和医生相差还挺大的，出江忍着没笑，继续认真地听着。

山科这段时间成绩不太理想，比五年级时还差，最近一次考试也没考好。但他想继续上中学。眼看入学考试迫在眉睫，老师希望能激励他，便当着全班同学的面，批评他学习有所松懈。

看看浩三，科科优秀。你家境远比他好，生活也无忧无虑，比他幸运太多，却在学习上落后于他，你不觉得羞耻吗？

当着全班同学面被如此训斥，山科涨红了脸低头不语。怎么样？不觉得丢人吗？老师还不依不饶。

浩三就站了起来。朝老师瞪了一眼，便径直朝教室后门走去。教室后面有一个放教科书的架子，架子上摆了一个小花瓶。花瓶里插了一枝不知谁从家里带来的红色山茶花。浩三快出教室时，抓起花瓶狠狠地摔在了地上。

出江惊讶不已。虽说浩三平时活泼好动，但从没见过他胡来。

老板娘被叫到学校，得知了事情原委。当她变成了山中老妖回到长屋时，便一把揪起浩三的脖子。那震天响的咆哮声，就连止婆都开始担心这长屋会不会被震塌。不过，骂词却含糊不清，能感觉到老板娘自己也不知道该骂什么好。所以当老板娘请求收留浩三的时候，出江满口答应了下来。

据说浩一护弟心切，拦着老板娘："浩三会这么做，肯定是有原因的。"

"这个他不说我也知道。"老板娘粗声粗气地对出江说，"但是作为母亲，不能因此就对他说'我知道，我知道，你的心情我能理解，肯定是有原因的'。因为不管怎样，他给人添了麻烦。"

老板娘身体瘦小，显得那双关节像熔岩一样凸起的手非常突出。她用这双手拉扯大了三个孩子。

浩三当天就住到了出江家。耷拉着肩膀站在玄关，从兜里掏出五六个金橘，小声解释着："这是从山里摘的。今年结得多。"

在出江家住下后，浩三与往常一样，话很多，饭吃得一干二净，奔跑着去上学。放学回来后，先帮忙做家务。出江在工作间忙活的时候，他就趴在矮桌上认真做功课。止婆嘲笑他"能到三户人家远的地方离家出走，还真方便"时，他还能顶回去"本来去止婆家也不错，不过在出江家待得更舒心"。总之不见有回家的意思。

出江叹了一口气，用力系了系围裙的带子。"再拖下去也不是个事儿。今天要把障子门换一下，再把家里打扫打扫。"她去厨房，提起了醒着草木灰水的木桶。

去河岸进完货，浩一匆匆赶回家吃早饭。他在家门口停下，像灯塔一样四下望了望。原本想避人耳目，却因身形高大，且动作缓慢，反而更加惹眼。

巷子里一个人也没有。

浩一走到屋檐下，朝花盆后面的木桶瞅了瞅。"啊，结上了！"他面露喜色，轻轻地将手伸进桶里，小心翼翼地拾起木桶表面结的一层薄冰。他把冰对着太阳，细细地观察了一番后，才咬了一口。嘎吱嘎吱，冰冷无味，却将早起劳作的疲劳蒸发得一干二净。为了这一刻，他每晚从澡堂回来，都会在木桶里打上井水，放到屋檐下。弟弟离家出走，本不该有这般闲情，但如果没了这个乐趣，冬日的劳作便难以坚持，他在心里宽慰着自己。刚才还如此小心怕被人看见，一吃起来就忘乎所以，牙齿间奏出悦耳的沙沙声。

东面的石阶上，似乎有人在往下走。浩一朝那边看了看，便慌忙躲进家中。

是雨神！

还没到收房租的时候，怎么就来了？浩一屏住呼吸，从门缝里偷偷盯着这个男人看。这回，雨神没拄拐杖，也没有像往日那样边走边摇铃。他径直穿过巷子，在西面尽头的门前停住。

那是出江家。

该不会把出江捉走吃掉吧？浩一紧张得全身不能动弹。他呼吸急促，时刻准备要冲出去救出江，但是两腿却像被大石块压住一般不听使唤。

雨神只按了一下门铃，门便开了。出江探出头来。她似乎一点也不意外，还面带微笑。那微笑浩一也见到过几次，带有几分落寞。

雨神深深地鞠了一躬，接过出江递过来的紫蓝色的包裹。再鞠一躬后，就什么也没说，匆匆离开了。他在巷子尽头往小径一拐，便不见了身影。

整个过程就只是这样。

那包裹里装的是什么？雨神和出江认识吗？

浩一的脑海里涌现出很多疑问，内心无法平静下来。他很想马上去找出江问个清楚。就在这时，肚子咕——地叫了一声，便将这个念头打消了。得赶紧吃个早饭，然后尽快赶回店里。浩一紧紧地关上了门，进了厨房。

浩三一下课就飞也似的逃离学校。那件事之后，与山科的关系变得有些尴尬，也无心与其他同学玩耍，甚至连直接回长屋都觉得不对劲。他来到雾浮川，靠在桥栏杆上消磨时间。

浩三其实很早就知道，山科为了能上中学，一直在拼命学习。山科曾经委婉地表示过，他想上中学："我也知道自己学得不好，但是父亲一直在念叨……"当时他脸上的表情还记忆犹新。这样的山科根本没觉得自己高人一等。只是他和自己上中学的理由不同而已，也不存在孰好孰坏。

"只待明日至，得遂宝船愿。"突然，响起了一个声音，浩三惊讶地抬头往旁边看。一位身穿简装和服的男子不知何时双手扶着栏杆站在那里。一头浓密的黑发向后梳平，显得脸庞更加端正深邃。

"怎么了？我是赤穗义士。"男子望着江面，轻声说道。对了，今天是扫尘日，那明天就是讨伐日，浩三反应过来了。

"其中一名义士扮成卖筲帚的小贩，在两国桥与同伴擦肩而过时，告知讨伐日。'只待明日至，得遂宝船愿'便是接头暗号。"

男子又转向浩三，"看你一副愁眉苦脸的样子，便想到了这个。你莫不是真要去讨伐吧？"

浩三冷冷地回了一句"并没有愁眉苦脸"。

"是吗？那就失礼了。"男子微微一笑，做出与浩三同样的姿势，倚在栏杆上，"如今学校是不是不教忠臣藏了？"

"没有，我看书，学到了忠义的意思。"

"是吗？忠义的意思？"男子将脸转向江面，"可浅野内匠头①为何要逞一时之气引刃伤之灾呢？为何不曾想到还有需要他保护的家臣？为何不能隐忍？"

浩三皱起眉头。因为他觉得这个男人说了一些会遭天谴的话。

"有如此忠义的家臣，最后竟落得个如此下场，真是令人唏嘘。辅佐如此浅虑妄为的殿下，是义士们的不幸。"

"我觉得没有人会这么认为。"

"是吗？那就只有我一人。本人姓大高，义士中有一位叫大高源吾的，所以难免感同身受。"

---

① 内匠头：内匠寮的长官。官级相当于从五位下。

男子坦率地解释道："那就告辞了。"他从靠着的栏杆上起身，将手里的包裹换了换手。

浩三发出"啊"的一声。这个包裹和出江工作间里的那个极为相像！里面应该包着出江花了半年多时间缝制完成的能乐装束。

浩三诧异间，男已大步流星地远去。虽蹬着木屐，却脚下无声。木屐漆绘华美，移步间熠熠生辉。

浩三看了看自己的脚下，木屐带换了又换，穿了已有四年之久。刚买的时候大得嘎巴嘎巴作响，现在露出脚后跟快有一寸之多了。木屐齿剥落，几乎成了一块平板。想到丝线铺青年的上等桐木屐、山科时髦的洋鞋，浩三意识到了这其中的差距，却不知道该如何跨越。

开始变天了。浩三用力踢了一脚地面上的小石子。脚下响起了一阵鄙夷的笑声。那是沉默了一天的影子的嘲笑吧？

回到长屋时，已是黄昏。出江已经打扫完屋子，门口晾着清洗干净的笤帚。"就剩拜荒神和做年节菜了，今年就算过去了。"

自从寄居在出江家以后，出江一次也没问起过在学校发生的那件事。即便如此，在浩三听来，出江的话有时候似乎暗含深意。今天早上她的一句话就无意间戳到了浩三的痛处。应该是前天吧，出江一边做针线活，一边嘟囔："锦纱昂贵华美，却不及棉布好用。贵的东西不一定就好，所以不能用一个标准去衡量。"

浩三心里一紧，听起来像是大人说教时常用的比喻。虽然浩三知道，出江不是会含沙射影的人，但还是不由得紧张起来。这两天，她说话的声音和内容听起来都比往常多了几分复杂的意味。一想到所有的声音穿过自己的耳膜后变得肮脏，浩三更加郁闷了。

放下书包，浩三去门口把扫帚拿进来。看见东面的石阶上丝线铺青年欢快地哼着歌走下来。啧，浩三咂了一下嘴，连忙逃进会客室。

"承蒙关照"，青年拉长声音，打了一声招呼，未等出江回应便拉门进来。他一下子就注意到玄关的地面上放着的一块腌菜石，蹲下来问道："这是什么？"

"这样放着不行。早上打麦秆了。"

"麦秆？又是什么？该不会是符咒之类的吧？"

"是换障子门的时候用的。用石头把麦秆敲软，然后沾上草木灰水擦门框，门框上的脏东西就容易掉落。"

"哎——还是头一回听说。"青年夸张地感叹了一声。他卸下肩上的包裹，解开来，毕恭毕敬地说道："这是您要的东西。请过目。"

出江在围裙上仔细地将手擦干后，才接过来。她确认完丝线的手感，轻轻地点了点头。

"这次您又在我们店下了很多订单，真是万分感谢。"

"没有没有，应该谢谢你们才是。原本这是明年的工作，因为是一位老主顾的订单，所以就想着早点弄。"

"那个，可否冒昧地问一下？"青年望着去工作间准备钱的出江的背景，伸直脖子，"您说的那位老主顾莫非是一位叫大高的先生？"

出江没有回过头。她歪着脖子，有些含糊其词："不知道呢，好像不是那个名字。"

"好像？不是老主顾吗？"

"因为我只记得脸。"出江淡淡地回答，将用奉书纸包好的钱递给青年。

"那，他长什么样儿？是不是衣冠楚楚，面庞深邃，是一位很有男子气概的风流男子？"青年穷追不舍。待在里屋的浩三喃喃自语"大高……"，与刚在桥上碰见的那名男子同名。

浅野内匠头为何逞一时之气引刃伤之灾？为何不能隐忍？……枉费了家臣们的一片忠心。辅佐如此浅虑妄为的殿下，是义士们的不幸。浩三将自己代入，重新思考了一遍大高的话。

一定是管了不该自己管的事，才惹的麻烦。给母亲、山科还有出江都带去了麻烦——昏暗中，浩三抱膝冥思，开始意识到了问题的所在。

第二天早上，浩三在水井边碰见了浩一。浩一看上去刚从河岸回来，系着围裙蹲在屋檐下。浩三喊了一声。浩一迅速把手别到身后去，像藏了什么东西。"呀，浩，浩三。怎么样？早饭吃了没？"

"还没吃。哥哥你呢？"

"我也还没吃。"

浩一表情松弛下来,说道:"别赌气了,快回来吧。你不在我每天都很无聊。"

浩三含糊说了几句,回到出江家。进了玄关,回头一看,浩一还在使劲朝他挥手。右手不知道拿了什么,亮闪闪地发着光。

那天一放学,浩三就出了校门。在雾浮川消磨完时间,刚回到巷子,就被止婆叫住了。"这么晚才回来。你上哪儿溜达去了?大蚊子在银杏树下等你很久了。"

"大蚊子?那是什么?"

"就是你的那位长得很像蚊子的同学。他让我转告你一声。"

浩三急急忙忙爬上石阶,看到了银杏树下站着的消瘦苍白的山科。浩三有些困惑,低头不语。山科举起手,"喂!"打了一声招呼,"这几天你在学校都不和我说话,所以我想问问。"声音听起来明朗,表情却很僵硬,两手在大腿两侧无处安放。

"看你那表情,像是要讨伐一般。"浩三心里很开心,嘴上却故意说些怄气的话。

"啊,今天是赤穗义士日。"山科僵硬的表情有所缓和,"上次谢谢你。你看我被老师骂,维护了我,我很开心。"

浩三有些无地自容。因为不是维护,也不是同情。"……没什么,那个是我一时冲动。"

"我就知道你会这么说。"山科笑笑,"但是我也不希望你一直闷闷不乐,所以咱们就把它忘了吧?"

尽管内心纠结着羞愧、焦急和不解,但是浩三放下这些,真诚地点了点头。"去不去我家?现在我家一个人也没有。虽然有点乱,但是小点心之类应该是有的。"浩三说完,一口气跳下三四级台阶。

"浩三。"山科叫住了他,"只有一件事,我不赞成。"

浩三转过身子,抬头看着山科。

"你打碎了花瓶,这是你的不对。"或许是因为紧张的缘故,山科的声音有些颤抖,

"那个不关花瓶的事。"浩三觉得自己很没用,但内心又感受到巨大的安心。他真切地意识到,山科远比自己优秀。"你说得没错,是我不对。"浩三站好,深深地鞠了一躬。山科这才露出微笑。

山科的头顶横亘着一株落叶败尽的银杏,在那之上冬日的天空高冷无边。那久违的不带一点混浊的湛蓝,弄湿了浩三的眼眶。

猿田彦的足迹

天狗①在前面走。与其说走，不如说像乘着云彩飘移。鱼铺老板娘拼命在后面追。不知不觉闯入了一个神社。天狗在大殿门前停住，回过头来。它手持八角金盘扇子，定睛看着老板娘，说道：——总之，到了。

"你说这是什么意思？"老板娘两脚跨在出江家的门槛上，将昨晚的梦一口气说给出江听。

"这个，我也不好说……对吧？"出江向蜷缩在会客间火盆前的止婆求助。止婆似听非听，打了一个大大的哈欠，嘴巴张得快把自己的整张脸都吃掉了。

老板娘直挺挺地站在玄关，焦急地蹬着木屐，诉说着这个梦是如何真实，天狗的叫声和泥土的触感在醒来后依然清

---

① 天狗：日本传说中的妖怪。出没于深山老林，大红脸，高鼻子，身形高大，背有羽翼。穿着修验僧服，高齿木屐，手持团扇和宝槌。

晰真切。所以,这不是单纯的梦,她的目光死死地盯着止婆。

"你问我,我也不知道。"止婆打了一个喷嚏。

"你应该知道。活了这么大岁数,肯定会有点头绪。"

"我活这么久,可不是为了解开世间谜团的。"

老板娘耷拉着肩膀。也可能是太在意浩三的考试结果,变得有点神经衰弱了。这可不像我——她最后添了一句,便驼着背走了。

黄昏渐近。天空似乎就要下雪。出江回到工作间,听见止婆嘀咕着:"应该是猿田彦吧?"

和出江想的一样。猿田彦是琼琼杵尊①降临时负责领路的神祇。长鼻红脸,与天狗相似。每年春天将近时,附近的神社就会举行迎接土地神、祈求氏子繁荣的庙会。猿田彦也负责给土地神领路。

"时节已近,猿田彦也该在这一带出没了。"止婆又重复了一遍。

"那个庙会,您去过吗?"

"很久以前去过一次。那时候要看店,自己偷偷溜出去,回来被狠狠训了一顿。"止婆耸起肩,缩了缩脑袋。这举止宛若小姑娘一般,与其老练的口吻形成鲜明的对比。"那次,

---

① 琼琼杵尊:日本神话中的一位神祇,天照大神之孙。奉天照大神之命,为统治苇原中国,从高天原天降到日向国(今宫崎县)的高千穗峰。苇原中国是指日本本土,高天原指天照大神所统治的飘浮在海上、云中的岛屿。

我也见到了猿田彦。我就跟在他后面,见了我父亲一面。"

"您父亲刚好也在那里吗?"

止婆苦笑着摇摇头:"他早已去了另外一个世界。我见到的是年轻时候的他。"

"是吗?"出江的视线落回手里正在缝制的物件上。是一个工具袋。她把浩三中考那天要穿的夹衣重新改了改,还有布头剩下,便打算给他缝个布袋上中学用。

"猿田彦也许能操控时间。说不定我们也是被类似的东西召唤到这里的。"止婆将手架在火盆上,缩起身子。出江停下手里的活儿,望着窗外。虽说春意渐盈,但此刻,厚重的云层间,灰色的棉絮正在飘落而下。

中考结束后,浩三一直觉得浑身无力,似乎身体的一多半都不属于自己了。他想起了丝线铺青年喝醉时挂在嘴边的那句"色即是空",不由得一阵哆嗦。

而山科一考完试,便放开了玩。拍洋画、抽贝陀螺,甚至还学起了打网球。"没想到你心思还挺重的。都已经考完了,你再纠结也没用啊。"每次见到浩三的苦瓜脸,山科总会乐呵呵地笑他。浩三意识到,山科有着从外表看不出来的沉稳,内心更加自卑了。

放学后不直接回家的日子越来越多。为了消磨时间,浩三四处溜达,直到天黑才回到巷子,特别是在家人面前,他更觉得喘不过气来。所以那天也一样,浩三在家门口踌躇了半天,也没进门。

月光下的白雪泛着光，比白日里更显美丽。不过，也就只有自己会这么觉得吧？浩三心想。

屋檐下的花盆后放了一只木桶。浩三近来发现，每天洗完澡，浩一就会在木桶里放上水，然后满心欢喜地等到第二天早上，把表面的冰吃掉。这是浩一的小秘密，所以浩三也佯装不知情。

哥哥深信，明早起来，木桶里一定会结上冰。对某一事物怀抱坚定的信念并由此产生安心感，这本是一件让人肃然起敬的事，可浩三却从中感受到一种麻木。然而，世间种种，皆以信而立。长屋的住户们相信，这样平顺的生活会连绵不息。河岸的渔民、街边的商贩也都坚信，日出而作，日落而息，轮流不止。而此刻的浩三隐隐觉得，支撑着这种平稳日子的东西并非那么坚固。

浩三在木桶旁蹲下。他在想，要是半夜将木桶里的水倒掉会怎样？他突然觉得很害怕，慌慌张张地站起身。

"浩三！"玄关的门被拉开，一个兴奋的声音响起。扭头一看，浩一正拿着伞站在身后。"太好了。我看天色太晚了，正准备去接你哩。你刚回来吗？"

"没，没有……我在看雪……"浩三赶紧打了个马虎眼。

浩一丝毫没有怀疑，回道："是吗？因为夜晚的雪特别美，是吧？"

浩三愣住了，望着仰望天空的哥哥。

"浩三！回来了吗？也不来店里帮忙，整天在外面瞎逛！"屋里传来了母亲的咆哮声。

"快进屋。冻坏了吧？母亲做了大葱味噌汤。"浩一说。一瞬间，浩三脑海里盘缠纠结的丝线一下子解开，包裹着坚硬铠甲的所有事情变得微不足道。他内心安详，朝温暖的黄色灯光里走去。

"我家附近的神社有个小庙会，你想不想去？"

下课时，山科过来问。浩一现在无心逛庙会。见他意兴阑珊，山科又接着说，还有能乐表演，而且镇神仪式特别庄严。

"看来你还真是喜欢那个庙会。"浩三嘲笑他。

山科很平静地回道："那倒也不是。"

"真拿你没办法，你要是这么说的话，我就陪你去。"

"没办法？这不是没办法要做的事。"

"那就，很高兴地陪你去。可以了吧？"

山科一脸严肃："这也不是需要夸张到'很高兴'的事。"

在去庙会的路上，两个人说了很多话。他们有意避开升学考试的话题，谈论了一些更遥远的事情。

"将来我会继承我父亲的事业，考中学也是为了这个。因为学习并不是我的强项。"山科说。他前方的道路已经铺就，而浩三还一片迷茫。

世间本就各有各的活法，可是浩三除了鱼铺、裁缝铺和丝线铺，对其他工作一无所知。他知道学习是为了获取知识，可是有了知识后用来做什么，他不甚明了。他觉得自己像是朝着一个模糊的目标胡乱前进，内心感到深深的不安。

总归要在某处选择某样东西,或者被选择吧——无论是选择还是被选择,最终都会被塑进一个模子里。对浩三而言,这不是意味着安心,而是憋屈的现实。

浩三空洞的目光落在地面上,发觉影子正龇牙咧嘴地朝他笑。——要是那样的话,你会在某个地方被抢走。

被谁?浩三在心里发问。

——被不是你的东西。

你胡说什么呀?

——你到达的地方必然是属于你的,要这么想的话,那就大错特错了。

脚下响起了一阵讥笑。浩三抬起头,将手插进口袋。指尖触碰到一个东西,是之前在山上捡的一颗橡果。一直在口袋里装着,竟然都忘了。

他拿出来,仔细看了看。色泽如初,在夕阳下发出翡翠一般的光芒。当初,发现它的时候是如此兴奋,小心翼翼地拿回家,可到最后连它的存在都忘得一干二净。浩三心里发怵,原来自己也会有遗忘的事情。原本珍惜的东西,随着时间的流逝,被遗忘在角落。并且这种遗忘并没有给生活造成任何麻烦,生活依旧平稳继续。他脑海里浮现出自己成为大人后的呆板模样。想到这里,他不由得打了个冷战,喷嚏也跟着冲了出来。影子又不怀好意地嗤笑了一番。

"没事儿吧?早春时节容易感冒。"山科从口袋里掏出来一张卫生纸。

"擤个鼻涕还要用卫生纸啊，太浪费了。"

浩三用手心抹了一把鼻涕，在屁股上蹭了蹭。动作连贯麻利，看得山科目瞪口呆：原来他这是不想浪费卫生纸，又怕袖口被鼻涕抹得油光发亮啊。山科默默地将卫生纸放回了口袋。

浩三心想，山科的口袋应该非常干净吧？每天洗裤子，每天早上在口袋里放上固定的东西，手帕、卫生纸，还有喜欢的洋画。每天都会检查随身物品，非常清楚什么东西放在什么地方。自己永远都成为不了像他那样的人吧？浩三叹了一口气。

"土地神好像出现了。"快到神社的时候，山科兴奋起来。

"什么？"

"我是说今天的庙会。"

"你对这个庙会的感情我算是真正明白了。"浩三笑道。

"因为这个庙会真的很受重视。土地神就是在天狗的引领下前来的。"

"天狗？是那个鸟天狗[①]的天狗？"

山科附耳低言："嗯。外表看起来像而已，据说不是真正的天狗。其实是猿田彦。"

那神秘的样子仿佛在诉说一个天大的秘密。猿田彦……在书上读到过，是引领众神降临世间的神祇。

---

① 鸟天狗：天狗的一种，长着鸟喙的小天狗。

"可能是因为这个缘故，今天的能乐曲目好像是鞍马天狗。"山科平时在班上一直是一副冷静的小大人模样，所以他的兴奋状让浩三觉得很新鲜。穿过鸟居，山科就大步朝舞台走去。"就在那里表演。舞台够气派吧？"

浩三想起了和出江一起看过的薪能表演。与那个舞台相比，这个舞台不仅桥廊短，而且显得老旧。目付柱①上还有好几处醒目的污渍。

"我去过不少庙会，还是觉得这个庙会最好。举办的时间奇妙不说，这里所有的东西都透着庄严。"山科激昂地说着。

浩三朝四周看了看。扬幕迎着风，时而鼓起飘摇。扬幕后面的镜房里，演员们像是已经准备就绪，不断有身影来回。一位身穿白袴裙的男子从扬幕的缝隙里隐约闪过。那挺拔的后背和干净利落的举止，分明在哪里见过。

竟是扫尘日那天，在桥上遇见的那位自称大高的男子！

为何他会出现在镜房里？浩三觉得很不可思议。

"前面还有空位。"浩三跟着山科，晕晕乎乎地来到座位前。

神社境内背阴处残存的些许越冬雪，将笼罩在街上的蓝色衬托得更为浓重。

那个庙会，鱼铺老板娘也去了。是受了出江和止婆的邀

---

① 目付柱：面向能乐舞台左前方的柱子。

请。止婆说："反正你今天店里休息，偶尔出去换个心情也好的。"

"正因为店休，所以得把家里好好收拾一下。"老板娘正要拒绝，止婆一反常态，怒气冲冲地命令道："别说了，你必须得去！你都梦见天狗了。"语气里丝毫没有商量的余地。

"为什么梦见天狗就非得去那个庙会？"

"你就别问了，必须去！去了也不会有什么损失吧？你如果在意浩三考试结果的话。"

老板娘的表情瞬间温顺下来，继而又愤愤然地反驳道："我像是那种一有点什么事就去烧香的弱女人吗？"话虽如此，傍晚时分，老板娘出现在了止婆家门前。"你都把话说到那个份上了，陪你们去也无妨。"她转过脸去说道。

去庙会的路上，老板娘朝手上呵着口中热气，摩挲着皲裂的双手，一路喋喋不休：这个时候去庙会，活这么久了还是头一回。烧香拜佛这种事压根儿就不符合我的性格。不靠别人，不奢望，脚踏实地做自己的生意，这才是我的信念。说到这里，她叹了口气：至于家里人的事，就由不得我控制咯。就比如丈夫去世，与亲家闹矛盾，都让人力不从心。她捋了捋凌乱的头发。

"本来想着把店交给浩一，到时候让浩三也进来帮忙，我就可以喘口气了，没想到浩三又嚷嚷着要上中学。真是世事难料啊。要是能顺利考上那就也罢了，万一考砸了可怎么办啊？浩三这孩子比一般人都敏感。一想到这个，我就浑身发冷。"老板娘来回搓着胳膊，不带喘息地说道。

"小浩会没事的。你要相信他,坚强一点。"出江安慰她。

可老板娘还是愁眉苦脸的:"做不到啊。为人父母的,只要是关于孩子的,总爱把事情往坏了想。"

前脚刚踏进神社,念叨了一路的老板娘突然缄默了。

按理说这是第一次来,却感觉如此熟悉,与梦里的风景如出一辙。不,就是同一个神社。老板娘意识到的那一瞬间,不知为何脚下开始发软,犹如踩在云上一般。即便在出江的催促下,在舞台前面的凳子上坐定后,依然觉得身子飘摇。

"今晚的曲目是《鞍马天狗》。等一下大天狗会出来,讲述牛若丸①的未来。大天狗也是孩子的守护神。"止婆难得语气平缓。

"大天狗啊……"老板娘在心里叹息,这一鼓作气来是来了,可仔细想想,现在还没有欣赏能乐的闲情。老板娘的内心被后悔的情绪占据,更别提什么兴奋了。

当伴奏人在舞台上出现时,老板娘就开始琢磨如何能早点溜走。笛音与鼓声响起,像是受到乐音的邀请,僧侣和童仆从敞开的扬幕间,陆续登场。就在童仆们跳起赏花舞的时候,扬幕再次揭开,出来了山伏②。

---

① 牛若丸:源义经的幼名。
② 山伏:日本修验道行者的统称。指为得神验之法而入山修行的苦练者。

什么呀，还以为是大天狗——老板娘不满地对止婆说道。可是就在看到山伏的瞬间，老板娘起伏不定的内心不知为何突然变得平静。像是挂了一根拐杖，内心深处风平浪静。如此这般宁静的心绪，是这几年从未有过的。

这时，舞台变得安静，只留下一个童仆和山伏。

"那个童仆就是牛若丸。"止婆在老板娘的耳边低语。"你好好看着那个山伏。"

老板娘往前探出半个身子，出神地看着。或许是内心平和的缘故，渐渐地，眼皮开始变沉，最终抵挡不住睡意，沉沉地合上了。不行，她睁开眼，舞台上却不见了山伏，只见大天狗手握羽扇站立不动。它瞪着大眼珠，紧闭着嘴巴。那嘴巴大得似乎要从脸庞两侧延伸出来。看着那威势，老板娘直哆嗦。当羽扇在空中划过一道弧，天狗开始起舞。而一旁那位出众的童仆依然伫立不动。他可能是长大后的牛若丸吧？大天狗指引着童仆，开始庄严地吟唱。

他在告诉牛若丸什么呢？老板娘拼命地竖起耳朵。听着听着，意识逐渐模糊，不知不觉又沉沉地睡着了。当被出江摇醒时，能乐表演已经结束。

她看看客们三三两两地起身，朝路边一字排开的摊铺拥去。有卖苹果糖的、卖面的，吆喝声此起彼伏，气氛庄严的神社内瞬间变成了庙会的景象。

"那，我们回去吧。"出江说完，止婆便起身往外走。

一起并排朝鸟居走去的老板娘发觉自己身轻如燕，仿佛体内沉积已久的疲乏被冲洗得干干净净似的。可是，这把年纪看剧时还能睡着,再怎么都说不过去。老板娘抱歉地给出江解释:"真奇怪,能乐还真能让人轻松愉悦。"抬眼间,竟发现旁边是一个陌生人,用怪异的眼神看着她。

"哎呀,对不起,我认错人了。"她尴尬地笑了笑,朝四下望去。出江和止婆都不见了人影。像是在人群中走散了。老板娘慌慌张张地来回寻找。摊铺一个一个看过去,还是没有找到。

没办法。只好自己先回了,回头再给她俩道歉。老板娘穿过人声消逝的神社境内,朝鸟居走去。"咦?"突然,她站住了。

参道的尽头,似乎站着天狗。

怎么看都是天狗无疑。与刚才见到的大天狗极为相像。但是,没有了在舞台上时的威势,全身透出寂寞。而且周身像被萤火虫点缀,发着亮光。老板娘咽了咽口水,却是口干舌燥,无法下咽。神社内变得空无一人,原本那一排排的摊铺也倏忽不见。

天狗鞠了一躬,缓缓地朝她招手。老板娘全身被恐惧包围,直起鸡皮疙瘩。可双脚像是被磁石吸住似的,不由得往前靠近。

天狗挥舞着八角金盘羽扇,引领着老板娘向前走。跟梦境中的一样,犹如乘着云彩,轻盈滑动。

似乎走了很长时间。

当钻进神社后面的一大片林子里时,眼前出现了一个小祠堂。四周幽深昏暗,只有小祠堂微微亮着光。

老板娘屏息凝视，正觉得不可思议时，小祠堂里出来了一个人影。

天狗悄无声息地走近那个人影，在其身旁站定后，转过身来，朝老板娘轻轻点了点头。随后便如烟般消散不见了。

"啊！哎呀？"老板娘惊声向前跨出了两三步。依然不见天狗的踪影，只有那个人影在那里。

小祠堂的灯光隐隐映照出那个人影的模样。是一个二十岁左右的青年。头戴学生帽，身披黑色斗篷。灯光微弱，看不清他的脸，不过能感觉到脊背紧实，身形伟岸，全身上下透着从容和自信。

青年向老板娘微微一笑。从他的嘴角，老板娘一下子认出来了。

"那个时候，谢谢您咬着牙让我继续上学！"青年说着，摘下学生帽。与生俱来的笃定的声音里带着褪去尖锐后的柔和。"多亏了您，我才能走上自己想走的路。因为母亲您当时选择相信了我。"说完，低头鞠了一躬。

"浩三……"老板娘不由自主地叫了一声。青年高兴地笑着，再次深深鞠了一躬。轮廓渐渐模糊，一阵风吹来，吹灭了小祠堂的灯，就在这一瞬间，青年也不见了。

"浩三！"老板娘呼喊着他的名字，却发现周围的景色完全变了样。老板娘置身于参道上熙熙攘攘的人群中。树林和祠堂消失殆尽。

"啊！在这儿，在这儿。真是不让人省心。都这么大的人了，也能迷路。"止婆站在摊铺旁朝她挥手。

"突然就看不见你了，到处在找你呢。"赶过来的出江也这么说。

"但是，就在刚才……"话到嘴边，却不知道从何说起。"你说什么？就在刚才怎么了？"虽然止婆一再追问，老板娘还是低垂着头，没再吭声。她舍不得把刚才发生的事说给别人听，就像舍不得将无比珍贵的宝贝暴露在别人的目光下一般。她没有那种气量，也害怕如此珍贵的东西从怀里一取出来，就被损坏或变色。

"我在那儿看卖苹果糖的，看着看着就找不到你们了。"老板娘随便找了一个借口搪塞了过去。她默默地跟在出江和止婆的后面，回到了长屋。为了保存好那个青年的模样，她无比小心地将他怀揣在内心。

等到梅花盛开时，鱼铺老板娘又恢复了往日的精神气。浩三的成绩很快就会出来，但她一点都不担心："浩三的话，没问题！"

出江偶尔会想起庙会那晚老板娘说的话。丈夫的过世，与亲家的冲突，这两件事在她心里具有同等的分量。出江从中感受到了老板娘的坚强，能够同时背负起生活中所有的不如意。

"适合午睡的季节马上就要到咯。"临近中午，丝线铺的青年打着没正经的招呼，来出江家接单。出江进工作间取单子，他就跟在后面："咦？那张字条是什么？是咒符吗？"他盯着贴在架子上的一张字条，问道。

出江疾步过来，撕下字条塞进袖子里。"没什么，想事情的时候胡乱写的。"

"哎——但是，上面明明写了'相信'之类的话。"

"有吗？"

"有啊。什么意思？相信什么？"

"手自己乱写的，没有意思。"

"'手自己乱写的？'这个借口不错。"青年张嘴大笑，随后又十分严肃地摸摸下巴：

"我要不要也试一下这一招呢？是这样，我现在也进了账房，不过老算错账。每次都会被老掌柜发现，连一两分的小钱都逃不过他的眼睛。很恐怖吧？损失的又不是他的钱，用得着如此计较吗？我都快烦死了。所以下次我也可以说'是手自己乱写的'。"

出江正说着"不是这么回事"时，西面小径上，传来了比平时更欢快的奔跑声。脚步声刚从窗前过去，"我回来了！"浩三响亮的声音便气势汹汹地传进家里。

远野君

如何庆祝浩三考上中学，浩一犹豫了很久，最终还是决定去找光月堂的老爷子商量商量。

"这件事情我是有二心的。"浩一叹息着说道。

"二心？"老爷子站在货柜前抄着双手反问。

老爷子身材高大的徒弟立即从门帘后探出脑袋，露出疑惑的神情。他与老爷子的女儿完婚不久，刚刚来给老爷子报完喜。

"这件事情，我既想着高兴一下就好，又想着是不是应该大肆庆贺一番让邻居们都知道，思来想去就完全没了头绪。"一口气说完整个事情的浩一喘了起来。等到气息平稳后，又抓了抓眉毛说道："愁死人了！"

老爷子看着没头没脑的浩一，又看了一眼徒弟，两人不约而同哄然大笑起来。看着捧腹大笑的二人，浩一不知所措起来。

"那是一回事，不是什么二心。"老爷子笑完，回道，

"你是太开心了，开心到不知道如何是好。"老爷子反复说着，擦拭着眼角的眼泪。

"不如做些红白点心发给大家，你看怎么样？"徒弟建议道。老爷子也立即附和拍手赞成。"上面印上'及第谢礼'的字样，邻里们自然也就知道了弟弟考上中学的事情了。收了点心大家也都开心。这样既不会惹人厌烦，也可让大家知道这件事情让浩一引以为傲。"

老爷子继续说道："点心这东西，喜事显得稳重喜庆，丧事也不会显得突兀。葬礼上吃一口甜甜的点心，多少能抚慰点情绪，我这真是个好买卖啊！"说着便回头看了眼徒弟。

年轻人应和了一声，随即挠挠脖子说道："跟您比，我的道行还不够深呢。"

"是啊，你还需要历练历练。"老爷子满意地点点头。

浩一订了十五箱红白点心，准备送给长屋的街坊和鱼店的顾客们。回到家里，浩一拿出藏在壁橱里的木箱，弯着腰数了数这些年一点点攒下的零花钱。"够了，"他抚了抚胸口放下心来。

"二心。"浩一一边把木箱放回衣柜一边念叨着。老爷子虽然那么说，但是仔细想想，为这件事情本身感到高兴和想要让这件事情众所周知，两者还是不太一样的。

浩三将木屐脱下，提在手里，大步跨跃上东面的石阶。登顶后，整个巷子尽收眼底。今天的景色显得熠熠生辉，格外美丽。浩三大口呼吸着绿色的气息，被大自然强大的生命力环绕着。

他来到天满宫,跑到大殿前,奋力摇响神社里的铃铛。行两次礼,用力拍响手掌,铿锵有力地说道:"感谢神明!"此时此刻,浩三整个人感到前所未有的轻松,一直背负着的重担终于卸了下来。

浩三回到长屋,直接去了出江家。毕业典礼已经结束,到开学之前这段不长的时间里,除了去鱼店帮忙,浩三决定尽量待在这里。中学阶段一定会很忙,应该每天只能往来于家和学校之间,像这样能够悠闲自在待在出江家里的日子恐怕很难再有。所以趁着现在,再充分享受下出江家瑞香花的香气,以及这格外让人身心舒畅的屋子里的气息。

待在这间屋子里,感觉会相信一些非常久远之前的存在,弥漫着一种虚无缥缈的感觉,产生这种感觉也是最近的事情。

出江最近很忙。她说:"春季做新和服的人很多,每年都是如此。"因此即使浩三来访,出江也顾不上多聊几句。浩三就躺在出江家工作间的角落里,享受着西面照射进来金色的阳光。这样就很满足了。

"从无到有做一件新和服真是件有趣的事情,布料、丝线、怎么裁剪,都可以按照自己的喜好来决定。"浩三说道。

出江停下手上的活儿顿了一下,想了想说道:"其实我更喜欢修修补补,改改衣服什么的。"

"什么?那不都是些小活计吗?"

"的确是小活儿,可是我喜欢看着这些衣服,想象衣服主人的样子。"出江说道，"衣服主人平时过着怎样的生活，根据衣服破损、褪色的情形便大致猜得出来，这个人想事情时是用左手撑着头，这个人喜欢捋衣领，那个人走路步子迈得很大……所以摆在面前的已经不单纯是衣服了，而是一个个鲜活的身影，应该说是沾染上了主人的灵魂。"说完，出江瞟了一眼工作间架子上的小抽屉。"即使人不在了，可是衣服里还留有那个人的灵魂。"

"是不是又想说就好像远方有什么人在呼唤你，对吗?"浩三不耐烦地说。

出江小声念叨着："浩三你不明白这种感觉吧，真羡慕你。"

"羡慕我不明白这种感觉?"

"是的，羡慕你不明白，浩三你只拥有摆在面前的未来。"出江平静地说道。

浩三被晾在一边，无趣了起来。"我还是喜欢从无到有做一件事情。"浩三固执地说道。这是他第一次和出江唱反调。

出江没再说什么，默默地将针线插进崭新的布料里。

浩三依旧躺着，把腿翘在柱子上。苍白的小腿撑在那里，膝盖到脚踝肌肉结实，动动脚脖子，肌肉的纹理也跟着动了起来，阳光照射下显得很是健壮。"终于要开始新的生活了。"浩三暗自思忖。

"这样可不行!"浩一坚持道。他带着钱去了光月堂,老爷子却根本不收钱。"不用给钱,算是我们家给的贺礼。"

"这怎么行!"浩一越说越激动,老爷子喊道:"说不用给就不用给,虽然你一个月只来一次,但也算是我的顾客。"丢下这句话,就走去了操作间。

浩一缩了缩身子,站在那里不知道如何是好。

"他也很高兴呢。"徒弟走过来说,然后继续包点心。他脸上的痘痘已经没有了,轮廓更精致了些。应该和浩一岁数相差不大,却比浩一显得老成。"你弟弟考上中学,你能来和他商量怎样庆祝,这两件事情都让他感到开心。"

浩一还是有些手足无措,踌躇再三后,突然茅塞顿开喊了一声:"对了,艾草年糕!"然后从口袋里拿出钱递给那位徒弟:"我要两个艾草年糕。"

"你不用这么客气。"

"不,是我想吃,春天来了正是季节。"浩一一脸认真,光月堂徒弟也不再坚持,仔细包好艾草年糕,收了钱。可即便是这样,临走时,浩一没走几步已鞠躬不下十次,让徒弟进退不是,难为情地挠了好几次头。

浩一要给街坊们分发红白点心,没想到最开心的不是别人,是自己的母亲——鱼店老板娘。她用力地拍了拍浩一的肩膀说:"原以为你不是个会来事儿的人,却想得这么周到!"一番话不知道是褒是贬。给街坊们分发点心的事情就交给了自己的母亲。此时,已经夜幕降临,开心至极的母亲还是一溜烟奔了出去。

"嗯，那个，是考中了。麻雀变凤凰？哪里呀！净让人操心了，家里也没什么钱，为了给他凑学费可是费尽了心思……"母亲洪亮的声音回荡在长屋里。回到家中看到此番情形的浩三再三央求母亲："拜托了，别这样！"

最近，鱼店的工作结束后，浩三总是晚上出去散步，是和一同考上中学的山科君一起，去看看一个月后要去的学校。母亲感到费解，四月份开始不是天天要去吗？可还是跟浩三说："我认识你们学校一个挺有意思的高年级学生，让他带你看看学校吧。"浩三一听立即眼睛闪烁出光芒。"都放假了还有学生在学校吗？"

"是住校生。"

"可是听说学校宿舍门禁很严格呢。"

"是的，他在校园里，要参加社团活动，门禁就没那么严格。"

"什么社团活动？"

"搜集昆虫，社团成员就他一个人。"

"搜集昆虫这个事情怎么会有人参加？"浩一听到后觉得非常可笑，"那不是小孩子才玩的游戏吗？"

"上了中学还玩虫子，确实是个怪孩子。"母亲耸了耸肩说，"但是他是资助生，学费什么的是地方出的，应该是很优秀。"

言语间，母亲一脸落寞，浩一甚是不解。弟弟睡后，浩一关心道："是哪里不舒服吗？"母亲摇摇头说了句："若干年后，那孩子会是什么样子，我们谁也无法预料……"母亲周围萦绕着让人不寒而栗的恐惧气氛，浩一无从安慰，只能呆呆看着母亲。

　　母亲响亮的声音又回荡在巷子里，浩一心想，母亲肯定也是矛盾的，喜悦中夹杂不安。人心呐，还是一心一意就足够了。为什么相反的心情会一起奔涌而出？烦闷的事情想着想着就开始头痛，浩一干脆躺倒在地上。原本还想继续思索，却因为工作太累，没五分钟便鼾声大起。

　　这位高年级学生叫作远野。

　　这天，他们在校门口见了面，浩三和山科君向校内张望，远野直接开口邀请："进去看看吧。"山科君告诉远野他们是新生，远野十分开心地说："是吗是吗？原来是学弟啊！"浩三看到远野原本耷拉着的眼角出现如此戏剧性的动作变化，忍不住笑了起来。

　　远野带着他们参观了武道场、修炼场，介绍了木造结构校舍的每一个地方。说是向导，更像是随意走走，浩三他们不时问问"这房子是干什么的？"远野便回答"理科实验室""器具间"云云。

　　远野长得一副学生模样，和一副擅长运动的体格，却总感觉哪里不对。明明不起眼的东西，他却突然一下大惊小怪喊道："快看那里！"而大个儿的东西他却看不到，甚至撞上去。走廊里放着一个高度及腰的垃圾桶，想着他肯定会避开，他却慢慢悠悠走上前，直冲冲撞了上去，然后才发现那里居然有东西，瞪大眼睛呆立着。

昆虫搜集部设在校舍一层一个小房间的一角，四叠半的房间，有一叠的位置给了远野。"不是学校认可的社团，只能将就一下了。"他面露难色。实际上，一直在默默忍受将就着的应该是看着房间越塞越满的勤杂工。那位勤杂工是一位看起来已经年过六十的老爷爷，看到远野进来没有丝毫惊讶，依旧在角落里看着报纸喝着茶。

"反正没有其他社员，倒不如在自己宿舍里进行。"山科君提议道。

话音刚落，远野拼命地摇着头争辩，说是重要的工作工具不能丢失，必须好好保管，放在经常有人看管的地方才保险。显然有些恼了。

"工具？"浩三问道。

远野打开书桌的抽屉拿出一个东西给他们看："是观察昆虫的眼镜。"

山科君一脸失望："这不是放大镜嘛！"他一脸严肃订正道。

远野说寺庙的林子里有极其特别的虫子，于是浩三向母亲请了假一同前往。山科君不喜欢远野太强的个性，直接说道："那种人一个月见一次足矣，我可不想参加他的社团。"毅然决然拒绝了浩三的邀请。

原本还在为山科君的薄情寡义耿耿于怀，可是不久浩三就迷上了和远野在一起的时光。

"今天是惊蛰，惊蛰！"远野拿着放大镜一边看一边嚷嚷道。

"惊蛰在立春的时候呢。"浩三说。

远野笑着告诉浩三:"说的是旧历,旧历的惊蛰正好就是现在这个时节。"他不是在讲大道理,不是张狂,也不是把别人当傻瓜,一副完全沉迷在自己喜欢的事情中丝毫不在意其他的模样,那爽朗的笑容虽然显得有点儿没心没肺,却感觉陶醉其中自得其乐。

和山科君相反,浩三和远野一起待多久都不厌烦,因为感觉远野能够看见很多自己看不见的东西。浩三经常在意周围事物和自己之间的界限,而远野却好似从来没有在意过这件事情,完全将周围事物融入自身,抑或是自己投身于周围事情,究竟是怎么样浩三也说不清楚。总之和远野待在一起,就好似在海洋中徜徉般自由自在、毫无拘束。

他们正在追寻昆虫的踪迹,天空却落下雨滴。兴许是一脸怨恨瞪着天空惹怒了神明,不一会儿,雨越下越大。"看样子一时半会儿停不了了。我家离这儿挺近的,去躲躲雨吧。"

远野仰望着天空吃惊地喃喃道:"呀,下雨了。"

浩三和远野两人跑回长屋,正巧碰到了雨神。"难怪!"浩三嘟囔了一句。话说是到了收租的时间了。浩三跑进自家屋檐下,远野也跟着过来。"湿透了。"远野开心地笑着。

雨神走到出江家门口,摇了摇手中的法杖。铃声响起,不一会儿出江便探出头来,看见正在屋檐下擦拭雨水的浩三，她微微一笑点了点头。随后，不经意间将目光移向浩三身旁。顿时，出江的表情僵住了，眼中泛起水光。浩三觉察到了什么，看向身旁的远野。远野丝毫没有注意到他们的目光，依旧把放大镜戴在眼睛上，抬着头接雨水玩。

出江从雨神身旁擦肩而过，蹒跚着走了过来，好像着了魔一样两眼直勾勾看着这边，一步步走向远野，一向和出江亲近的浩三从未见过她这样的表情，完全换了一个人一般。

远野终于醒过神儿来，往路上看去，看到站在不远处的出江后，他点头致意，然后爽朗地问浩三："她是你街坊吗？"

"啊……"出江张了张嘴说了什么，可是完全听不到，也许是无法发出声音。她又努力调整了一下气息，想要再度开口。这时，雨神跑过来紧紧抓住出江的手腕，在她耳边低语："不能再往前了。"声音很低很低。这声音浩三第一次听到，却感觉似曾相识。

大雨滂沱，雨水毫不留情地将出江和雨神淋了个透。浩三静静地看着出江，看着那张熟悉而又陌生的脸……

品性与威严

止婆正在用洗碗水浇洒路边的树木，说了句："我不清楚啊。"于是便转过身去。浩三紧跟在老婆婆身后嘀咕了句："可是……出江的事情你不是应该最清楚了吗？你每天都泡在她家。"

"你也不是每天泡在她家吗？一天都不落下，跟住在那儿一样，也不考虑人家乐意不乐意。"

"啊？是出江说了什么吗？"

"嗯……"止婆坏坏一笑，把木桶里的水一滴不剩浇了出去。

"那……雨神呢？他应该知道吧？他一直住在这边，说不准雨神和出江关系挺好呢，婆婆你和雨神聊过吗？"

"聊过呀，交租金的时候每次都会说'辛苦了！'"

一直沉默的影子闪了出来。——你问不出什么的。

这种情况下现身实属少见，一直以来只有在有阳光或者火焰照射时才会现身。——止婆不会回答你的，她在有意回避。

"我没应付你啊。"止婆说,浩三下意识地"啊"了一声。

止婆是在回应影子。浩三低头看着影子,影子一副该说的已经说完了的模样躺在那里,完全没有反应。突然,止婆转过身来盯着浩三的眼睛说:"你……"

浩三不自觉僵直了身子。

"你穿起校服也算得上是个大人了,一直以来,你是靠着与生俱来的品性走到今天,可是之后你就需要依靠人生经历积淀而成的威严,需要好好历练。"

"品性?威严?什么意思?"浩三涨红了脸反问。止婆立即回击:"怎么跟大人说话呢?"

那天,浩三也问过远野,是不是认识出江。

"出江?就是刚才那个女人吗?"远野疑惑道。

"是的,总感觉出江是认识你的,想着会不会是你的朋友。"浩三说。

远野双手抱胸闭目冥想,努力回忆是否和出江有过交往。可是不久,远野便睁开眼睛果断回答:"我不认识她。因为到现在我从来都没结识过女性朋友,实在遗憾。"

话题就这样终止。远野环顾着浩三家的每一个角落,赞叹道:"你家真好,非常温暖,有家的味道。"一番话让人有点摸不着头脑。随后,远野居然躺在地板上嗅着草席的味道,幸亏家里没有别人。这时,远野捏起一个黑色颗粒兴奋地说道:"喂!你看,是死去的小苍蝇,给我可以吗?做标本。"

"你真是个薄情寡义的家伙，没想到你是这种人，真失望！"午休时，浩三在厕所里偶遇远野，却不想远野丢过来这样一番话："我满心以为你是要加入昆虫搜集部的，你却去参加剑道部！真不敢相信你是那种喜欢野蛮运动的人！"

浩三赶紧整理好自己，飞奔到正在洗手的远野旁边，告诉远野自己是如何感谢入学前他为自己做向导，昆虫采集部是如何有吸引力，但是因为对剑道一直都有憧憬，所以无论如何都想尝试下，云云，非常郑重地将内情一一摆了出来。"虽然我没加入你的昆虫搜集部，可是还是会经常去拜访你的杂物间的。"

听到此处，本来已经平复了的远野突然急眼了："那儿不是杂物间，是正儿八经的昆虫采集部活动室。"气急了的远野突然将目光停留在墙上，恼怒地低吼了一声："虫……"是墙上挂着一张倒贴的写着"虫"字的纸。

远野气势汹汹地撕下那张纸，愤愤然团成一团扔进了垃圾桶，然后对着目瞪口呆的浩三说："这是驱虫的符，说是把'虫'字反贴就可以赶跑虫子，人类就是这样心胸狭隘！"他就像在演舞台剧般慷慨激昂，手舞足蹈。

浩三有些忍不住了，在笑出来之前赶忙转移话题："我是想入剑道部，其实我是买不起新的剑道装备的，也可能人家根本就不要我，也有可能可以借用其他人的，如果不行的话我就加入昆虫采集部。"

"你把我的社团当垫底儿啊。"远野没好气地说着，然而沉思了一会儿又说道："这样吧，放学后，你来找我。"完全一副没事人的样子，满脸带着生动的微笑。

放学后，远野带着浩三去了弥生坡。弥生坡在离长屋不远的地方，浩三还是第一次来这里。一条蜿蜒狭窄的小路两边尽是花草，他们几乎是侧着身走，好几次远野不是被石头绊了就是胳膊擦上了墙壁。每每此时，浩三都赶紧关切地询问："要不要紧？"

走到尽头，看见了一个写有"当"字的门帘，浩三心里顿觉不妙，停住了脚步。"不会是要去当铺里找剑道装备吧？！"也不是说穷讲究，可是二手货终归感觉不舒服，与其不舒服莫不如从别人那里借。

"可别小看了当铺，里面好玩意儿多着呢。"远野振振有词，说着从包里拿出一个明晃晃的东西。"我可是很宝贝这个从当铺里买来的东西呢。"是远野一直非常珍爱的放大镜，银色的边框上刻着常春藤，一看就是个花了功夫的好东西。"手柄是橡木的，手感很好，倘若是新品可能我还不会买，就因为是流当品才给了我邂逅它的机会。"

橡木手柄上刻着罗马字母"TONO"，应该是后来远野自己刻上去的。整个手柄光滑圆润，已经把玩过很久的样子，远野说那是前主人留下的痕迹。"用这种别人用过的东西，就好像身边有位盟友一般。虽然现在他不能和我一起参加社团，但是使用这把放大镜的人应该会为我现在的举动感到高兴。"远野继续念叨着，"不过呢，也不知道是什么样的人用过它，而且兴许那个人已经不在世上了……"

浩三不由得脊背一阵凉风："怎么会不在了呢？应该还在的吧？"

"这个也有可能。"远野继续说，"而且呢，别人用过的东西更好用，会有一种亲近感，说它是个物件，其实已经有了人气。"

浩三抬起了头，这番话仿佛之前也听到过。对了，是出江，她说比起做新衣服更喜欢旧衣服，理由便是旧衣物上面有人气。

"那个，远野，抱歉一直追问你，就是之前那个女人……"浩三还没说完，远野便掀开了门帘。

"你好，我又来了！"远野显得很亲昵地打了声招呼。然而坐在账房拨着算盘的老板只是抬了抬眼皮，并未理睬他们，甚至连个微笑都没有。

可能是因为远野被无视，浩三有些不高兴了。可是远野本人却一副无所谓的样子，面带微笑走近了账房："这个送给您！"远野自豪地递上一个小瓶子。

看起来不到四十的年轻店主略带不屑，淡淡说了句："谢了。"一脸嫌弃地看着这个瓶子。里面装的是一个黄色的茧，是螳螂幼虫连同小树枝一起装在里面。"不久它们就会孵化，就会爬满这个可爱的瓶子，玩几天就请把它们放回大自然吧。"

店主明显一脸嫌弃的样子，浩三有些看不下去了，拉了拉远野的衣袖。

远野好像会错了意，以为浩三也感兴趣，于是转身对着浩三滔滔不绝讲了起来：当铺前一任店主特别照顾我，他应该是这一任店主的父亲，店里有了流当的放大镜便第一时间通知我，并且以非常优惠的价格给了我，除此之外还买过鞋子衣服等等，但是没过多久老爷子便去世了，因此才带了祭品过来。

只是前一任店主究竟是否喜欢虫子，对此浩三有点担心。那位年轻店主丝毫没有注意远野在说什么，一直专心致志地拨弄着自己的算盘。虽然浩三觉得这位年轻店主对于自己父亲的事情那么不在乎的样子显得有点无情，但是如果是有人跟别人讲起自己已故父亲的事情，想来自己也会是这样的表情吧。

远野完全忘记了自己到这里的初衷，一味聊着前任店主的话题，之后干脆开始询问店主有没有显微镜出售。浩三开始觉得无聊起来，无奈之下开始环顾周围那些流当品。然而并没有看到剑道装备，心里说不清楚是失望还是庆幸。

浩三的目光落到店铺一个角落里的衣柜上。他发现那里挂着一件和服，是咖色的大岛和服，和母亲唯一的那件好衣服一模一样。想到这里，浩三突然心跳加速，看向店主。他在仍旧滔滔不绝的远野旁边，依旧波澜不惊地扒拉着算盘。浩三背对着账房，穿过其他流当品，走向那件大岛纱绸的和服。凑近仔细一看，还是觉得很像。听说那是母亲的彩礼，母亲一直很珍爱那件和服，之前一直念叨着："等参加你毕业仪式的时候再穿，平时穿可惜了。"只是店里太忙，小学毕业、中学入学仪式母亲一直都没能参加。

浩三悄悄地把脸凑近和服，闻到了一股熟悉的味道，顿时大惊失色。

"抱歉!"浩三想也不想回过头来，径直打断正在说话的远野询问店主："请问当掉这件和服的是什么样的人?"

店主懒洋洋地抬了抬眼皮，一副不紧不慢的神情。浩三焦急地等待答复，只觉得已经过了几十甚至几百年。"是不是一个梳着下垂的发髻，很瘦，略微比我高一些，大约四十的女人?"浩三追问道。

店主眯着眼睛看了一眼那件和服，然后凝视着浩三，低声嘟囔了句："哦，那个呀……"声音低到几乎听不见，然后开始翻他的账本。

"名字呢? 那人叫什么名字?"

店主翻动着账本，纸张沙沙的声音，对于屏住呼吸极度紧张的浩三而言异常刺耳。不一会儿，沙沙的声音戛然而止："哦，找到了。"店主慢吞吞地说："是外国人，名字……西洋文字我不会念。"

"啊? ……外国人?"

浩三有点不明白了。这时远野惊奇地说道："外国人也穿和服?"

店主一反常态，突然加快了语速继续说道："是一位在日本待了很久的外国人，好像是在日期间买了这套和服，回国时送到了这里。"

"什么嘛，当纪念带回国去多好。"远野一边说一边想要窥探纸上的信息。店主赶紧遮住了账本。

"可能是行李太多了，觉得带回去麻烦吧。"说完后，店主又开始拨弄他的算盘了。

浩三往后退了一步盯着这件和服，总觉得哪里不对劲儿。

"外国人穿和服，真是个特别的人。"远野调侃道。

兴许是白天变长了，和远野分开后回到长屋，天还略微亮着。格子窗里映出一个正在裁衣的美丽身影。不知不觉间，浩三走到了出江家。

"哎呀，我还在想是谁家的学生呢。"自从浩三开始上中学，出江总是爱拿他开玩笑，这次也不例外。"前不久还是个不懂事的臭小子，转眼就出息了。"

"那天，你特别不对劲儿，完全变了一个人一样。"浩三想要发问，但还是忍住了心里的疑问，没有说出口。

进门后，出江端上了茶水。浩三把弄着手上的茶杯，犹豫着要不要跟出江说说和服的事情。出江肯定知道些什么。但是，就是因为确信她知道实情反而问不出口，如果那真是母亲的和服，出现在当铺里的理由就显而易见了。想到这里，放在膝盖上的双手不由得攥紧了校服裤子。

"小浩，会捏皱的！"被出江一提醒，浩三慌忙放开双手。"不能这样的，你总是不小心。"

小学的时候，浩三的衣服总是穿了又穿，而且基本都是浩一的旧衣服，多少都有些污损，但是浩三并不介意，对衣服也没有太多讲究。上了中学后，学校规定必须穿校服，妈妈咬咬牙还是买给了浩三。

"今天晚上给你烫烫吧，过会儿你去换了再带过来。"

"嗯。"浩三喝了口茶，"我妈妈的和服……"

浩三刚要说话，出江先开了口，没想到是之前忌讳的那个话题。"之前和你一起的那个孩子，在学校是什么样子？有好好吃饭吗？"

奇怪的发问。连姓名都不问，也不问和浩三是什么关系，直接关心吃饭的问题。大约浩三并未跟出江提起远野是自己学长的事情。

"他住学生宿舍，应该在学生饭堂吃饭，在学校的样子，嗯，人有点奇怪。"浩三带着疑问回答道。

出江略带泪花语气郑重地重复着："是吗？有点奇怪吗？"然后望向门外嘟囔了句："满脑子都是虫子吧。"

这句话，浩三听得清清楚楚。于是追问道："出江，那个……远野的事情……"浩三还是有所顾虑有些犹豫，于是话锋一转："你为什么要问远野的事情？"

她低头看着茶碗，看不清表情，可能是一副浩三从未见过的表情。过了一会儿，出江抬起头来，恢复了往日的模样，温柔一笑。"他应该是你中学的第一个好友吧？"

这时，丝线铺青年走进店里，谈话被迫终止了。那男人还是一副讨人厌的样子，一看见浩三便夸张地身体后仰。"呀，哎呀呀，我没看错吧，这不是小浩吗？应该喊浩三君才是。"他自顾自地开着玩笑，一脸得意的样子。浩三没有理会，躺倒在榻榻米上。

不一会儿便听见出江和丝线铺青年在门口商量订货的声音。

"蓝色略微带点暗红？又是这么复杂的要求。"丝线铺青年声音夸张并且丝毫不留情面。浩三起身，只和出江打了声招呼，便匆匆忙忙离开了。夕阳从浩三背后照过来，长长的背影一直映到井边。影子悠闲自在地躺在前方，却偏偏在此刻保持沉默。

"真是一点用都没有！"浩三踢着地面。影子没有反抗，依旧沉默着。

心中疑惑太多，晚饭浩三吃了几口便吃不下了。浩一询问他学校的事情，浩三也是应付了几句，澡也没有洗，早早就睡下了。

浩一去洗澡了，母亲嘀咕着："不是发烧了吧？"走过来摸了摸浩三的额头。母亲的手像砂石一般粗粗的，额头感觉有点疼。她棉质的衣袖垂在浩三鼻尖，上面有与当铺那件和服一样熟悉的味道。

"妈妈，你再穿上那件大岛和服吧，咖色那件。"浩三顺嘴说出这句话。母亲的手晃了晃，然后将手掌从浩三头上移开说："嗯……"

"好久没见您穿过了，去山里赏花的时候穿上吧。"浩三继续说道。

母亲沉默了许久才开口："去山里可不能穿，我可舍不得,那可是正式场合才穿的,不好好爱惜可不行,下次再穿吧,旅行的时候。"

母亲的声音有些异样。

家里只有这么点儿大,只有一个衣柜,如果真想知道,不是什么难事。浩三一副若无其事的样子暗暗观察着低头泡茶的母亲。母亲的两鬓已经斑白,不知何时,皱纹也已变深。浩三鼻子一酸,蒙上被子转过身去。黑暗之中浩三心想,说什么是外国人,肯定没说实话。

"妈妈,对不起……"浩三蒙着被子说着,母亲并没有回应,哐当一声,母亲将茶杯放回小桌子上,那微弱的声音在浩三听来如此之悦耳。

抽屉里的放大镜

一排蚂蚁从店里穿堂而过。浩一蹲在正中间摆着双手驱赶它们。

"那又不是小猫小狗。"耳边响起一个声音。扭头一看,原来是止婆皱着眉头正在看向这边。"用扫把什么的直接扫出去吧。"

浩一赶忙从地面上起身走向里屋,就在取出扫把的一瞬间,浩一突然忆起,好几年前,浩三对他说过觉得蚂蚁有趣。

"哥哥,蚂蚁跑得可真快呐,它们为什么跑这么快呢?好快啊!"那时的浩一,为弟弟的发现而感到惊喜,觉得蚂蚁跑得快,这并不是什么值得惊喜的事情,而是因为在浩三出生前,浩一也是那样认为的。然而,当和朋友们说起自己的想法时却总是被嘲笑:"蚂蚁怎么会快?!很容易就被踩死啊!"之后,浩一就再也没提过此事。

"哎呀,这不是止婆吗?稀客啊!"屋内传来母亲的声音。

"莫不是来买东西的?"之所以这样问,是因为这老太太总是算准了关店之前鱼都降价时才来买东西。

"除了买东西,还能有其他什么事情。"止婆嘟着嘴说。

"啊呀,真是太阳打北边出来了,那我可得早点拾掇好铺子。"

"这是什么话,我还要买条鲣鱼呢。"

这下轮到母亲哑口无言了。"鲣鱼?"她惊奇地重复着,"真是有钱人呐!今儿吹的是什么风?"母亲一副不可思议的表情。

"你就这么招待客人吗?这里是鱼店对吧?来买鲣鱼有什么不妥吗?"

"之前你都是买沙丁鱼竹荚鱼之类的,可从没买过鲣鱼呢。"

"别那么多废话了,给我挑最好的切成生鱼片。"

"是要招待客人吗?"

"哪儿有什么客人,我的朋友们老早都走了。"

"老早都走了?不太可能吧?您可还是身体硬朗呢。兄弟姐妹或是旧相识什么的总是还有健在的吧。"

母亲开玩笑道,可是止婆却黑了脸。"总之今年比较特别,今儿就豁出去了。"

母亲笑弯了腰,问到底有什么特别,止婆并没有回答,而是将目光转向了正在清扫蚂蚁的浩一。浩一不由得停下了手里的活儿,收紧了肩膀。止婆的样子就好像暴风雨将至一般,看得浩一开始紧张。"樱花已经落了,好可惜,已经落了。"

浩一不知该怎样回应,一直沉默着。

母亲一边收拾鱼,一边大笑着说道:"说什么呢,一个月之前不就落了吗?"

"今年刚好是约定的时间。"止婆一改往日高高在上的傲慢语气,说话好像跟孩子打哑谜一般藏着掖着。

"您看可以吗?"母亲把收拾好的鱼拿给止婆过目。她努努嘴以半命令的口吻说道:"再送点儿呗,都是乡里乡亲的。"一扫刚刚捉摸不透的样子,又是原先那个口无遮拦的止婆了。浩一怔怔地看着,感觉像是在做梦。

"真是个精明的老太婆。"母亲哼了一声,加了一点生鱼片。

"当然了,这精明可是我的优点呢。"母亲和止婆面面相觑,然后两人不约而同大笑起来。

浩三顺利加入了剑道部,这多亏了远野。他不知道从哪里找来了一套已经毕业了的学长留下的旧装备。起初看到这锈迹斑斑破旧不堪的装备时,觉得根本没法用,可是认真擦拭打磨再换上纽扣后竟也像个样子了。浩三感激不尽再三道谢,远野却别别扭扭别过脸去说了句:"这么点小事简简单单就解决了。"搪塞了过去。

没有社团活动的时候,浩三去了远野的杂物间,刚好碰见远野在做昆虫标本。站在门口浩三也能感觉到拿着大头针的远野有多么聚精会神。他屏住呼吸,略微弯着的腰身一动不动，浩三忍住没有出声。过了许久，远野才做好了标本，终于长长舒了口气，擦了擦额头的汗。看到站在门口的浩三后，他开口说道："这是桐花金龟子，非常珍贵的品种。"说着便把箱子转向浩三这边，得意地说："我是在田里捡到的，在它钻进土里之前能逮到真是个奇迹。"

前阵子一个周末，远野回了趟老家，住了一晚，爸爸跟他说弟弟病倒了，担心有可能是骨疽，让他回去看看。回去一看，原来只是普通的感冒，结果着实令人意外。"盂兰盆节、过年我都不太回去，肯定是爸爸准备了过节的饭菜，故意夸大事实叫我回去，前年妈妈去世了，爸爸没了精神寄托，唉，头疼呐！我可是准备了慰问品回去的。"

远野正正经经去买慰问病人的花束和水果，想到这个场景，浩三忍不住笑了起来。远野问他笑什么，浩三只好老实交代了缘由，却不想远野一脸不高兴地说："你可真是小看我了，看望男人可不能带花过去，我可不是那么俗气的人。我们家那边橘子很多，特意从这边带水果过去也没什么新意。"

于是远野开始滔滔不绝地讲起自己的家乡是多么的温暖，橘子是多么的甘甜。"临近冬天的时候，山上被成熟的橘子染成一片橙色，所以感觉上比这里温暖。"说到这里，远野不自觉陷入沉思。

浩三突然想起，去年夏天，出江去过什么地方，回来时也带了橘子送给他。那橘子还没有成熟，根本不能吃。出江说："我看到它们落在了地上所以捡了回来，很漂亮不是吗?"还顺手送了浩三一个。

"对了,我家那边离海很近,所以鱼也很棒,不过,还是不如你母亲店里的好吃。"

"是吗?大哥也跟我说过海边的事情,说是鱼很美味呢……"

"也不尽然,重要的是卖鱼人的心境,你家的氛围让人感到非常舒心,所以卖的东西肯定也很好。"

贫穷简陋的家被人这么直言不讳地夸赞,浩三有点汗颜,想要问问究竟是什么样的氛围,却开不了口。远野总是有自己奇特的道理,思路总是不同于常人。

"那么你带了什么回去呢?"其实答案浩三差不多已经猜到了,看到远野说的那么有兴致干脆就问了问。

"昆虫,我按照弟弟的性格,挑选了适合他的昆虫做了标本。那可是个杰作呢,从挑选到制作,整个过程堪称完美,我把它装进了最漂亮的盒子里。"

"你弟弟喜欢这个礼物吗?"浩三问道。

"这个嘛,那家伙看了一眼便开始跟我喋喋不休该怎么制作标本,居然在我面前卖弄说,'哥哥,标本要做好防腐措施才行呢。'一个外行!真是生气,差点就忍不住发火了,究竟是谁不懂?!"

"啊?你没有做防腐处理吗?"

"横竖是无法长久保存的,别忘了这点。被别的什么生物吃掉也是一样。所谓的标本,也只是用些手段延长腐烂的时间,让我们多欣赏一段时间罢了,处理过后也只能顺其自然了，人为干预是违背常理的。"远野拿起桌子上自己常用的放大镜一边把玩一边说，"我家附近有富士山，和它比万物生存都只是一瞬。"

浩三想象着，究竟远野透过放大镜看到了怎样的瞬间。恍恍惚惚间，感觉远野好像被什么有形的事物牵绊着，甚至偶尔可以感觉到他被那伤痛纠缠着。贴在远野眼睛上银色边框的放大镜泛着光芒，柔和地映出刻在上面的常春藤花纹。

黄昏前，回到长屋的浩三直接去了出江家。出江不在，只留下工作间里的布料在迎风摆动。

"去哪里了呢？"浩三嘀咕着。就在这时，突然听见啪的一声，听起来好像拍手的声音，浩三不由得喉咙发紧，惶恐不安地环顾四周，发现是架子上放着的《花传书》掉了下来。原来是书掉下来的声音。浩三用力关上西面敞开的窗户，原本回旋在屋子里的风吹向地板后便没了动静，布料也不再晃动，屋里没了声音。

浩三捡起掉落的《花传书》，然后准备出去。一不小心，校服衣袖挂在把手上，拉掉了架子上的小抽屉，浩三慌忙去接，却不想拉开了中间的抽屉。于是赶紧将东西归位关上抽屉。那一瞬间，收在抽屉里的东西映入眼帘，格外刺目。一个放大镜，静静地躺在一块珍贵的布料上。

放大镜很旧，银色的边框上雕刻着常春藤的图案，木手柄上还有长久拿捏被汗水浸润变黑的痕迹。看着这把放大镜，浩三觉得无法呼吸。上面刻着"TONO"的字样，虽然有点模糊但是不难辨认，脑海里闪出无数个问号，太不可思议了！

再定睛一看，这把放大镜要比远野那把旧很多，周身锈迹斑斑满是伤痕，应该只是相似而已。不对，可是上面刻着名字，可以确定那些罗马字母是远野自己刻上去的。浩三无法抑制激动的情绪，往抽屉里窥去。里面放着一张被包起来的纸片，应该是照片。明知道这样不对，可是浩三还是忍不住伸手去拿。

就在这时，巷子里响起了一阵木屐声。浩三赶紧关上抽屉慌忙往外走，于是和拉开门的出江打了个照面。

出江倒也不觉意外："啊呀，今天放学真早啊!"一边跟浩三打着招呼，一边将东西放上架子。往日出江总是买小松菜豆腐等朴素菜品，今天从篮子里拿出的食材却相当丰富。"今天止婆家有客人，我也去帮忙。"也许是注意到浩三看着篮子流露出来惊讶的表情，出江略微生硬地解释道。

"止婆家来客人可不多见呢，会不会是老家来人了?"

"嗯，好像是说之前的熟人。"很快，出江便进了厨房开始洗菜，哗啦啦的水声比以往任何时候都响亮，好像是要刻意阻断浩三的声音。浩三穿上鞋，盯着地板。

"是不是找我有什么事?"厨房里传来出江平缓的声音。

"没事，回家的时候路过而已，看见窗户没关进来顺手关上。"浩三回答道。

"呀，那可要谢谢浩三了。"

浩三摘下校服帽子打了声招呼，慌慌忙忙离开出江家。

他并没有回家,思虑万千地穿过西边的小路来到了雾浮川。

小学的时候,每天上学都会经过这里,很是怀念。说起来也只是两个月之前的事情,可是依旧感觉此时的自己已不同往昔。浩三趴在桥上的栏杆上发着呆,仔细回想抽屉里那个放大镜的一切细节,那么特别的放大镜世上会有几把呢?

刚才还亮着的天空突然暗了下来,抬头一看发现已经下雨了,淅沥沥的小雨打湿了地面。浩三跑向河边的榉树,在树下躲雨。低头一看,脚下有一排蚂蚁。已经是这个季节了,时间过得真快,万物皆是转瞬即逝,这么一想,浩三开始觉得悲由心生。

蚁群上面落下一个庞大的影子。应该是错觉,这下雨天怎么会有影子。

浩三发现自己被一件灰色的衣服遮挡住,抬头一看,身边站着一位头戴斗笠的男人。惊愕之中浩三乱了分寸,竟打起了嗝儿。浩三赶紧调整呼吸想要压制住,却不想越打越厉害。

雨神应该知道关于放大镜的事情。

踌躇之中浩三想起,远野初次到访,阻止出江靠近的就是雨神。可是听说不可以跟雨神说话,街坊们都说跟他说话会发生可怕的事情,甚至有传言说跟他说话的人当日就会从世上消失。

即便这样,浩三还是想搞个明白,他一刻都等不住了。

雨神还站在那里。

浩三走上前,不,是想要上前询问,可是双脚却像是被粘住了一样无法动弹。绝不是因为胆怯而丧失行动能力，而是像被人死死按住了一样无法动弹。想要出声，却一直打嗝，根本无法说话。

雨神像是在等待什么，在这里待了一会儿，不一会儿微微叹了口气离开了，无声无息渐渐走远，直到他的背影完全消失在视线中，浩三的双腿才可以挪动了。

不知道什么时候雨停了，浩三呆呆地站着，阳光照着他的后背，全身沐浴在五月温暖的阳光中。

——不要再想那些无用的事情了。脚下传来一个声音，是许久未见自己的影子。

——今后不要和他们有过深的瓜葛了。那影子用一种听起来近乎玄妙的声音说道，然后终于放开了拉着浩三的双手。

篱笆上的花朵

雨天，令人烦闷的湿气笼罩着整个小巷。

止婆环顾了一下四周，对端坐在榻榻米上的出江说："收拾得差不多了。这段时间，那个人带走了不少东西。"出江一直默默不语，止婆也不再说话，转身去了厨房。她搬起放在地上的腌梅坛子，放到了榻榻米上。"不过，把这个坛子交给你保管我也就放心了。"

止婆捶着腰，直起身来说道："这是我刚到店里的时候就有的东西，可是有一百五十年左右了，是个古董呢。"

出江满是喜爱地抚摸着这个变成土黄色的坛子。

"讨厌，别那个表情！"止婆叹着气，她旁边放着一件崭新的蓝色混着少许暗红色的罗纱和服。

"这次天满宫的能乐表演我喊了浩三一起，没叫其他人。"

"是吗？"

"这就足够了。"

"是呢。"

出江显得心不在焉,眼睛一直盯着手上的旧坛子。

"别那样,看的人着急,我倒是挺放松的,以前不可以的事情现在竟然梦想成真了。"止婆笑了起来,宛若少女一般。

剑道社团活动结束后,浩三连汗都顾不上擦,匆匆换了衣服,急匆匆去了杂物间。运气不错,原野还在,正趴在桌上写着什么。

"过几天天满宫有能乐表演,每年就这一次,今年的时间就在下周,远野,你要不要一起去?"浩三问远野。

原本浩三就是打算去看表演的,前几天止婆也邀请了他。他特别喜欢能乐表演,以前总去天满宫或邻村的神社看。原本想邀请山科君一起去的,可是早上止婆跟浩三说了一番话让他改变了主意。

"天满宫的能乐表演把那个昆虫男孩也叫上吧。"

"昆虫男孩?啊,是远野吧?"

止婆捣蒜似的用力点着头。"一定要叫他来,就别叫其他人了,谁也别叫。"止婆瞪着眼,嘱咐了一番,也不等浩三回应,便慢慢悠悠地朝自家方向走去。

浩三看着渐行渐远的背影突然僵直了脖子,止婆见过远野吗?当时只有出江见过他,自己也从未向止婆提过远野的事情。

"看能乐表演……"瞬间,远野的表情变得有点复杂。"是个不错的提议,可是这阵子我正忙着呢。"

浩三在想远野是不是在忙最近的考试,却发现远野拿起放大镜在眼睛上比画了两下,原来还是虫子。

"昆虫蜕变的季节到了,不只是昆虫,很多生物都会在这个季节蜕变。"

"嗯……,那就不勉强了,想着你有时间的话就一起去。"

浩三放弃了,决定到时候随便搪塞下止婆就行了。却不想远野一脸不满地探出身子,略显粗暴地说了句:"我去呢。真是没办法,你那么坚决地邀请我,只好去了。"

浩三觉得奇怪,谁强行邀请他了?也并没有多想,先和远野约定了时间。说完之后,远野又拿起了笔,看样子应该是在写信。桌子上放着一张淡粉色的信封,收信人那里写着远野的名字,字迹娟秀但稚气未脱。

"是给妹妹写信吗?"从字迹来看不难辨认是出自女孩子之手,浩三揣度是在给家人写信。

远野抬起头来惊奇地说:"什么妹妹?!我只有个弟弟。"
"那个……"远野看向浩三手指指去的方向,突然惊慌失措起来,一把抓住粉色信封塞进了抽屉里。远野脸红了,慌乱的样子显而易见。浩三突然明白过来,定是和远野有瓜葛的女孩子写来的信。"什么嘛,你可是跟我说从不认识什么女孩子的。"

远野顿了顿神,狡辩道:"你够了,小孩子家家的。"已经窘到极点了却还不会撒谎,这就是远野。

"是哪里的女孩子?附近哪个学校的吗?"

"不,很远的地方,在国府津。"

"国府津?"一个陌生的地名。远野说那是西边一个靠海的地方。

"那么远你们是怎么认识的?"

"之前家里跟我说弟弟病倒了,我不是回了两天家嘛,说是病得很严重,结果只是感冒,就是那时候的事。这个月我穷得叮当响,都没钱买火车票了,就想着在宿舍借点,就你那个朋友,叫什么来着,就总是穿着高级鞋子的那个,是山科君吧,应该是他了,我就问他要不要赞助我一点。"

远野絮絮叨叨完全脱离了正题,浩三打断他引回正题:"那么是在哪里认识的?"

"啊,这个嘛,其实可以不跟你说的,既然你问我就简单告诉你。是坐火车回来的时候坐在对面的姑娘,长途漫漫,为消磨时间就聊了起来,一直聊到她在国府津下了车。"

"还是聊昆虫?聊得不错嘛。"浩三顺嘴说出了心中所想,远野听了不高兴了。"承蒙夸奖,我可没那么土,跟一个初次见面的女孩子聊昆虫像什么话。"

"那你们聊什么了?"

远野撇了撇嘴,反问浩三为什么如此追问不休,却还是告诉了浩三:"聊书,喜欢的书。"没来由的,远野放低了声音。"我说起了喜欢的《花传书》,她看起来很感兴趣,应该是没有读过。"

突然提到了"花传书"这三个字,浩三惊愕不已,原来不只是出江痴迷那本《花传书》。他满腹疑惑看向远野。

"是吗?所以你们难舍难分,互相留了地址对吗?"

远野的脸红到了脖子根,不好意思地挠起了头。"别胡思乱想,年轻人。"

"于是就给你来信了?"

"不,是我先写的信,连同《花传书》一起寄过去的。我已经读完了,所以忍痛割爱送给了她。这封是她写给我的感谢信。"

"那本书那么好看吗?"

"不是好坏的问题,是那本书里什么都有。"远野竹筒倒豆子般全交代了出来,临了再三叮嘱浩三:"这件事情你不能跟任何人说,在学校我可是出了名不近女色的真汉子。"

对此,浩三并不认同,可还是老实地点了点头。

"她是个什么样的人?"

"没什么特别的,一个普普通通的女孩子。"

"多大了?"

"和你差不多吧,比你略大一两岁的样子,十五左右吧。"

浩三推测就是十五岁,远野绝对会问对方年龄的。"肯定是位很可爱的女孩子吧?"

"她坐在我面前的时候,就完全被她吸引了,之前我可是只对昆虫感兴趣的……"远野眉飞色舞地描述着,说到这里却赶紧刹住了车。"其实就是普普通通一个女孩子。"远野羞涩地说道。

浩三强忍住想笑的冲动，打量着这位个头略高的学长。远野视而不见，看着地面没有说话。

"站住！不能进花坛！"窗外突然传来杂物间那位爷爷大声呼喝的声音，远野飞身而起跳了出去。

能乐表演的前一天早上开始，天一直在下雨。

浩三在井边遇到止婆便问她："雨这么下下去，明天就不会表演了吧？"

老太太鼻子一哼断言道："会放晴的，明天肯定会是晴天，天晴了表演就会照常进行。之前一直都是这样，冥冥之中老天的安排。"

对于这毅然决然的断定，浩三心里并没有什么底儿，然而第二天清晨醒来后，果然是晴空万里。

浩三走出门去，深深地吸了几口气。树叶和屋檐上还挂着雨水，浩三伴着鸟儿清脆的叫声，去井边舀了瓢水好好地洗了把脸。

——不能掺和进去！

脚下响起一个微弱的声音。

——去看能乐表演也不能掺和他们的事情。浩三听见影子在说话，他用毛巾狠狠擦了擦脸。——介入另一个世界后果非常严重。

这声音听起来绝非是在和浩三开玩笑，浩三有些害怕了。"你在说什么？什么另外一个世界？"浩三反问。影子却没再回应,而是无精打采地躺在沙土上没了生气。风吹动树影,那家伙顺势潜入其中。

上学路上路过出江家,浩三隔着窗户打了声招呼。站在工作台边的出江依旧笑容满面回应道:"小浩!随后见!"

浩三轻轻点了点头,走向西边抄小路去学校。不经意间想起一件事情,不是说要来客人吗?去止婆家的客人,出江买了那么多食材肯定是来不少人。不只那天晚上,之后再也没见动静,这长屋里就住着这几户人家,稍微有点风吹草动肯定会有所察觉,可是什么动静都没有,也没听说止婆家来了客人。

浩三转向长屋,怔怔凝望着,过了一会儿才回过神来,"不好,要迟到了!"大步流星向西边的小路飞奔而去。

放学后,浩三去杂物间和远野会合。遵照止婆的指示,浩三也提前嘱咐过远野不要再叫别的什么人。浩三忍住没有邀请山科君一起,也是无奈之举。

"好久没看过能剧了,好期待。"一路上,远野不停念叨着,放大镜装在木箱子里,躺在远野的包里,走起路来哐当直响。这个放大镜之前一直被远野宝贝着,收藏在杂物间的抽屉里。但是这个季节随时会遇到羽化的昆虫,所以一直随身携带着。

远野说:"之前在乡下的时候可是放大镜不离身的,那时候用的是老师给我的便宜货,也就没那么在意,可是这个不一样,是在当铺里买来的高档货,随身携带时可是万分小心呢。"

穿过西边的小路,他们到了长屋。远野眼前一亮感叹道:"这里的景色总是这么迷人啊!"其实他只来过一次而已,浩三再次感到无奈。

天满宫的台阶尽头,是正在等待的止婆和出江。

看见浩三后,止婆像叫宠物一样拍着手喊道:"快过来!快过来!"出江看着两人,对远野露出了微笑。和那日一模一样,整个表情显得又惊又喜,仿佛又悲由心生。此时的出江让浩三感到陌生,一种莫名的不安袭来。

然而今日,出江的失神仅是一瞬。她望了一眼止婆,便恢复了往日的样子,微微点头跟远野打了个招呼。而止婆,却毫无顾忌地盯着远野嘟囔着:"这是……"像是被什么噎住了然后又咽下去了一样,满脸写满了不可思议。

神社内的能剧舞台前摆了几排长板凳,浩三他们挑了前排的空座位一起坐了下来,舞台左右的篝火刚刚点燃。

"马上就开始了,真是期待!"远野再次重复道。

浩三刚想回应远野,两只手腕被强有力地拉住,是止婆那双满是皱纹的手。"好疼!"浩三皱着眉头。"跟我来一下!"老太婆低声催促着,强行将浩三拉了起来。

"干什么?!马上就开始了!"

止婆攥起拳头在意图反抗的浩三脑袋上打了几下。"不要跟长辈顶嘴!"止婆怒目而视,可是还是压低了声音,拉着浩三的手看着出江语气和蔼地说:"我去趟厕所一会儿回来。"说完便强拉着浩三往外走。

"干什么?!去厕所你一个人去就好了!"浩三被扣着双手抱怨着,止婆完全不予理会。她拉着浩三来到离前座很远靠后的座位迅速坐了下来,然后敲了敲邻座,示意浩三坐下。

"究竟要干什么?!为什么要换座位?不是要去厕所吗?不快点的话就来不及了。"浩三焦急地说道。

止婆一点不着急,不慌不忙地说道:"这样他们就可以单独待着了。"

"什么?什么单独待着?"

"好了,别废话了,赶紧坐下,男孩子家家的别那么啰里啰唆的。"止婆气势汹汹地命令道。浩三不情愿地坐了下来。

抻着脑袋向前望去,人缝中隐约看到出江和远野的背影,两人并没有说话,都坐得直直的,盯着空无一人的舞台。浩三担心两人不认识会有些尴尬。

"浩三,你听着。"止婆再次抓住浩三的双手。

"又来,很疼的!"

浩三转过头去瞪了眼止婆,迎上的却是止婆严肃至极的表情。"今后你肯定会遇到很多事情,烦恼艰辛一路荆棘。"

浩三皱起了眉头。为何在看能剧这么欢乐的气氛下说这么晦气的话?!可是止婆的语气异常郑重,即将脱口而出的不满被吞了回去。

"即便如此,还是要不违心不伪装做自己就好,这些事情你应该已经悟到一些了吧。"

不知为何,浩三的脑子里浮现出当铺里母亲那件和服。

他默默低下了头说道:"做自己不代表可以给别人添麻烦,那样的话即便做了自己也不是什么值得高兴的事情。"

"有人为你牺牲,这不是过错,而是福报。"接着,止婆发出往日常有的略带恶意的笑声,丢给浩三一句:"对方能否成功报恩取决于你,取决于你的生活方式。"

"什么嘛,是你说的要做自己,做自己的话会怎么?不能明说吗?"

"是的,大家都是无法知晓答案,这就是人生。"

"您经常教导我,总是一副万事皆通的样子,感觉您什么都懂,并且随性地生活着,您应该已经没什么遗憾了吧?"浩三开了句玩笑,老太婆却有些失落,瞬间缩成一团。"哪能没有遗憾啊。在这之前,我忘记了老去这件最重要的事,也忘记了平凡的生活。"

"在这之前?什么事情?"

这时,不知道从何处传来石头敲击的声音。止婆端坐好说:"要开始了,话题到此为止。"

聊天骤然终止,浩三带着满满的疑惑向舞台上看去。没有任何开场白,一个手里提着箱子的年轻人出现在后台通往舞台的桥上,紧接着身着蜀江锦缎狩衣和指贯的演员从幕后出场。

"奇怪,怎么没戴面具?"浩三小声嘟囔了一句,止婆听见了回答道。"是直面。这出剧目叫作《翁》,那个穿狩衣的演员就是翁。"

翁过了桥,来到舞台中央,缓缓转过身来面向观众。看到他的真面目后，浩三意外极了。是那位叫作大高的男人，没有错的，扫尘日那天，在桥上和浩三搭话的人。

"这个剧目没什么情节，大家都说它似能乐又非能乐，所以它不是在讲故事，而是感受气氛。翁之后接着是千岁，然后是三番叟，三个人分别演出。"

翁的前面放上了箱子，盖子被打开了。然后飘来一阵笛声，鼓声响起时，翁的嘴里发出一阵幽远的声音："嗒嗒嗒……"

浩三整理了一下思绪，专心致志看起了表演。

翁就好像戴着面具一样板着脸，甚至感觉不到呼吸，可是却通过细微的变化表达出了喜怒哀乐，不只是喜怒哀乐，还要更加丰富。

千岁出场了，动作矫健身手灵活。这时，翁从箱子里拿出面具戴了起来，遮住了大高那张洋溢着阳刚之气的脸庞，换上了一副老人的面孔。

"あげまきやとんどや扬！落！"

翁张开了双臂，可能是因为之前有千岁动感的表演，所以觉得翁的动作格外缓慢，但是整个过程衔接紧密，营造出了庄严肃穆的气氛。屏住呼吸认真观看，竟被翁的表演带入了剧情。

表演迎来高潮部分，浩三一动不动看得聚精会神，完全沉浸其中。翁的表演出神入化，令人心潮澎湃无法自拔。浩三感觉仿佛置身于一个空前宏大的时空之中，在这个时空中亲身感受到了许多人物的存在。此时此刻，被深深触动，内心却很平静,时间仿佛静止了,定格在了这一瞬。

表演结束后,过了好久浩三才缓过神来。看到周围的人起身离开,才反应过来自己身处何处。篝火还在熊熊燃烧,却不见远野的身影,出江只身向这边走来。

"远野呢?"

"回去了,说是让我转告你一声。"

"啊?已经回去了?怎么那么着急,还想邀请他去我家里玩儿呢。"

"可能是不愿意见大家吧。"出江说道。

浩三意识到,可能远野也深陷剧情一时无法自拔吧。

"你和远野都聊什么了?"浩三问。

出江摇了摇头,说是没多久表演就开始了,支吾了过去,然后又眯起了眼睛,接着转向止婆,一副要哭的表情。

浩三疑惑地转过身去,不由得"啊"了一声。不知道何时,止婆换了身行头。是一身蓝色的短装,一只手拄着拐杖,绑着裹腿,好像要出行。出江走向止婆,两人嘀咕了几句,旁边的浩三每一句都听得很清楚。

止婆抬头看着出江,露出了从未有过的灿烂笑容,满是皱纹的脸庞那一刻却显得格外年轻。也许是因为篝火映衬,看起来就好像一个十七八岁的小姑娘。

没来由的,浩三开始觉得忐忑不安,赶紧说了句:"回去吧!"想要结束这莫名的不安。"回长屋吧,梅雨季节晚上蛮冷的,一直待在这里肚子都不舒服了。"浩三在刻意缓和气氛，来看表演的人已经走得差不多了，周围恢复了平静，止婆将目光移向舞台。"我和那个人还有些事情，你们先回去。"

原本空空荡荡的舞台上，大高赫然站立在上面，已经脱下蜀江锦狩衣，换上了一件灰色和服。然后在浩三的注视下，戴上了斗笠，变身为雨神。

止婆走了过去。不祥的预感更加强烈，那个影子借着篝火之光又出现了，低声跟浩三说：——好好看着，记住那老太太的样子。

"为什么？不是还会见面吗？"

——别说那么多，好好记住，不要忘了。

一声巨响，柴火崩裂，周围立刻暗了下来，影子消失在黑暗之中没了踪影。舞台上的雨神和旁边的止婆也瞬间消失了。

"回去吧，小浩。"

"可是，止婆她……我们等她一起回去吧。"

"好了，咱们先回去吧。"出江好像要了断什么似的，毅然决然转过身去，朝台阶下走去，浩三依依不舍，一步三回头跟着出江走了。

"薄雾中，篱笆上的花，被朝露沾湿，美不可言。是谁说的，秋日之趣只在黄昏？"

浩三想要仔细体味一下出江念给止婆的歌谣，可是脑子已是一片空白，无法思考。

远处，街灯若隐若现。

第二天，浩三一大早就去敲止婆家的门，可是却始终没人应声。于是又敲了敲，还是没有任何动静。浩三无法忍住一探究竟的冲动，不顾未经允许不进别人家门的原则，推开门走了进去。

　房中空无一人，并且，空无一物。空空如也的房子在默默表明这里已无人居住，静静地矗立在那里。

甚于绽放

"止婆是谁?"正在厨房精心熬制味噌汤的母亲歪着头问。

看能乐表演的第二天,浩三从空空如也的止婆住处回来后,向家里询问她的情况。母亲和哥哥两人都是一脸惊讶。"是谁啊?那个人?""是你学校的同学?名字显得有点老气啊。"

"开什么玩笑呢?!"浩三烦躁起来,不明白发生了这么大的事情,母亲却还有心情做早饭。

"今天店里休息,原本想悠悠闲闲过上一天,没想到一清早就这么聒噪。"连浩一也挖苦起了弟弟。

"就是跟咱们家隔了三户人家的止婆,住在出江对面的那个婆婆。"

母亲煮好了饭菜关上了火,皱着眉头看着浩三。"你是不是睡糊涂了?咱们这里哪里有什么叫止婆的人?出江家对面的房子可是一直都空着的。"母亲的样子不像是在装糊涂,她一向不喜欢开这种捉弄人的玩笑,一直都是把别人的事情看得比自己家的还重要的性格。如果真是止婆失踪了,她早都喊着全部街坊开始寻找了。浩一也一脸不解地看着浩三。

就这样,忘记了止婆的人不只是母亲和哥哥,只要在巷子里碰到街坊,浩三就会问问止婆的事情,大家全部忘记了这个人的存在,不知道她究竟是何人。

大家都忘记了关于止婆的一切。浩三整好行装准备去学校,经过出江家时浩三往里望了望。很不巧,出江不在。那日看完能乐表演出江提了一下:"明天一大早要去布店,又接了一单不好做的生意。"所以浩三未做停留,径直去了学校。

课堂上,老师讲的内容浩三一句也听不进去。剑道部今天没活动,直接回去浩三有点发怵,于是去了杂物间。远野果然待在昆虫采集部的角落里看图鉴。浩三终于找到了救命稻草,不顾一切地冲了进去。

"呀!"远野挥了挥手,并未抬头,难为情地挠了挠脸说:"昨晚不辞而别真不好意思。"

"没关系。"浩三摇了摇头,"我还从未有过那样的感受,那么……该怎么形容呢,天翻地覆的感觉。"

远野依旧伏案,房间另外一个角落里正在拔鼻毛的老爷爷看了浩三一眼。浩三接着说:"这世上还有很多事情是我不知道的,还有我不知道的世界。"

老爷爷拍着手笑着说:"是的呀,不知道的事情肯定要比知道的事情多得多。"

远野抬起头,咳嗽了两声,然后坐正,一本正经地问浩三："你今天来有什么事情？"

"嗯，那个……"其实并非是有事过来的，是为了保持清醒逃到这里来的。"嗯，对了，远野你知道'薄雾中，篱笆上的花，被朝露沾湿，美不可言。是谁说的，秋日之趣只在黄昏？'这首诗吗？"

这是昨晚在天满宫出江念给止婆的。昨晚反复回忆了好多遍，唯恐忘记。浩三的情绪刚刚才从止婆的事情中抽离出来，看见远野又被勾了起来。

"哦，你看过《花传书》吗？"远野深情地吟诵了一遍那首歌。

"这首歌是《花传书》里的吗？"

"你不知道吗？原本是《新古今和歌集》里的，《花传书》里也引用过。"

"表达的什么呢？"

"应该是赞扬凋零的花朵。"远野闭上眼睛，将自己脑海中的相关段落背给了浩三。他解释道："凋零，是比盛开更高的层次，是诉诸感官的美，美丽的花朵凋零才有凋零之美，不会开花的草木枯萎会是什么样呢？就是在陈述这个。是说凋零更甚于绽放，明白了吗？"

"甚于绽放……"《花传书》里多次出现"花"这个词，但是浩三并未深刻体味到它的真正含义，只是依稀明白它并非指考了个好成绩或是过着不错的生活。那么人生的绽放是指什么呢？

远野继续说道："这首和歌是在说，无论是清晨雾霭中的绽放，还是傍晚的凋零，都是极美的。我是这样理解的，基本上是意译。"

浩三想起了止婆渐行渐远的背影，和她说过的一句话："在这之前，有无法老去的遗憾。"

一只虫子从窗口飞了进来，慌慌忙忙地扇动着翅膀，然后落在了远野的桌边，是金龟子。远野屏住呼吸，看着那只微微发绿的虫子。"真漂亮啊！与生俱来的颜色，不觉得很神秘吗?"远野为之陶醉。"生存本身不就十分伟大吗？浩三，虫子尚且如此美丽，相比之下人类多么贪得无厌，都是争先恐后想在世间留下点痕迹。"

"痕迹……"浩三念叨着。

"《花传书》很有意思，世阿弥想要把从父亲那里习得的艺能传给后世，只是单纯着眼于艺能，并未陈列自身功劳。"

金龟子从桌边飞起，落在了远野的衣襟上。今天远野脱掉了那件旧旧的藏青色衣服，换上了崭新的小仓织裙子。远野注意到了浩三的目光，浩三还未开口，远野已经红了脸。"呀，被你发现了，是国府津的那个女孩子送给我的，作为收到《花传书》的谢礼做给我的，我也纳闷不知道我的尺寸怎么就这么合身。"

远野说她很会做衣服，能做出整套衣服。浩三重新打量起远野身上的衣服，外行都能看出来，每个细节都很用心。

"昨天看能乐表演时，听说坐在我旁边的那个女的也是拿针线的。"远野一边看着飞起的金龟子一边说。

"是出江跟你说的?"

"不是她跟我说的,是我问的。"

"就聊了这些?"

"嗯,她一直不说话,我也不知道跟比我大的女人该聊些什么,她感觉很特别,跟她在一起我有些紧张,连她长什么样都没看仔细。"

"感觉特别……"

"嗯,说她脱俗可能有些不礼貌,看起来不像四十岁的女人,身上丝毫没有那个年纪饱经风霜的感觉,跟平日街上见的那些人就是有些不一样。"

浩三特别赞同远野的观点,很久之前浩三就觉得,出江和止婆一样,有种不可思议的感觉。究竟是什么,却无法说清,如同能乐表演那种神奇的时光流逝般的感觉。

金龟子扇动着翅膀在天花板盘旋了几个来回,然后飞出了窗外,房间里恢复了平静。

"那个,昨晚看能乐表演时的那个婆婆,就是和我一起换了个地方坐的那个婆婆,今天早上不见了。"浩三说着,然后惶恐不安地看着远野。

他凝望着金龟子飞出窗外的方向,过了一会儿转过头来说:"婆婆?"他奇怪地说,"昨天,我只见过你和那个女裁缝。"

天满宫的石头台阶被日光染得金黄,好像一望无际金色的麦田一般耀眼,这里到处都还残留有能乐表演的痕迹。

"小浩。"背后传来呼喊声，回头一看，是出江，怀里抱着一个包袱。"早上你是去了布店吗？"浩三有太多的疑问想要求证，首先脱口而出的却是这个问题。

"嗯，是个大活儿，所以很慎重。"出江和浩三并排，慢慢地走向台阶。

"是能剧的表演服吗？"出江莞尔一笑没有作声。不安之感再一次涌现，莫不是那个叫大高的人订的，只要他出现肯定会有怪事发生。

"订和服的人是雨神吧？"浩三刚要发问，却感觉到影子在瞪着他，硬生生将这句话吞了回去。于是改口说了句："远野说昨天先走了，实在不好意思。"

"是吗？"

"说是十分震撼，感觉天翻地覆一般。"

"是吗？"出江露出了欣慰的表情。

"他有了新衣服，很开心的样子，据说是交往了一个不错的女孩子，是国府津的。"本以为会被批评小孩子说什么大人话，却不想出江突然停下脚步，低垂着头。浩三问了句："怎么了？"

出江轻轻摇摇头，回过神来继续开始往下走。浩三跟在后面，叙述着事情的原委。为了缓和下尴尬的气氛似的，浩三一直喋喋不休说个没完。"说是坐火车的时候认识的。平时远野只聊关于虫子的事情，不太聊同龄人感兴趣的话题，但是却和国府津那个女孩子很聊得来，我什么都没问，他自己主动向我炫耀，真是个怪人。"

回到巷子里，出江吸了吸鼻子，她想要用木屐声遮掩这声音，却没能逃过浩三的耳朵。

一直跟到出江家门口，浩三看了看止婆家，问了句："止婆不知道去了哪里？"

出江拉开门走进了工作间，将包袱放在了裁剪台上面的架子上，隔着架子说了句："她去了应该去的地方，是回归了。"

浩三急忙跨过门槛。他并不十分意外，始终相信出江会记得止婆的存在。"什么是该去的地方？"会客间的矮桌旁边放着腌梅坛子，这是止婆一直珍爱的坛子。

"止婆自小就离开了父母，她一直不明白父母为什么把她带到那么华丽的地方去。"出江没有离开工作间的意思，浩三索性坐在了格挡上，静静地听着出江娓娓道来。"那个地方，直到最后止婆都不喜欢那个地方，原本就是个喜欢耕田织布生活的人，总想着什么时候还能回去，一直到她二十岁……"声音戛然而止，屏息凝神的浩三耳边嗡嗡作响。

"止婆经常去其他地方，买买荒神松，逛逛批发市场，去看看能剧或者祭祀表演什么的，肯定是想着什么时候能再回到家乡。"浩三看着止婆经常坐的地方，眼前浮现出她端坐在火炉前打盹的样子。"我该怎么办才好呢？"

风，刮过巷子，传来远处寺庙的钟声。

"记住她就好，即使大家都忘记，你也要始终牢记。"

咯噔咯噔，一阵木屐声由远及近，扰乱了气氛，那声音停在了门口。"呀，小浩，又跑来偷懒了。"一个轻佻的声音传来。丝线铺青年还是那样，毫无顾忌径直走进出江家，在浩三旁边卸下了行李。"我来接订单,您又想要什么货呢?"

"嗯,有好几种要预订,我去写清单,您能稍等一下吗?"

看到出江从格挡后面露出脑袋,丝线铺青年语气夸张地说了句:"当然可以!"然后转过身来问浩三:"你从学校回来?"显而易见,明明不用问也能看明白,他也没等浩三回答,便眺望着止婆家自言自语起来。

"对面还是一直没人住吗?这可不安全呐,你一个女人住在这里……"

出江拿出了清单,丝线铺青年一边确认一边说:"这次的订货不复杂,很快就能备齐。"又开始逗闷了,这时他瞟见客厅里面的火盆,于是问道:"不把火盆收起来吗?这么热,看着都想流汗。"本不是什么好笑的事情,他却咯咯笑了起来。也许是想着开个玩笑。

浩三看了看放在客厅里的火盆,努力回忆时常坐在那里的止婆的样子。

"哎呀!"丝线铺青年突然大惊失色喊了一声,一边抚着胸口一边说:"怎么回事?感觉……"

"怎么了?胸口疼吗?"出江关切道,丝线铺青年轻轻摇了摇头。"不是心慌也不是疼,不知道怎么回事,看到那火盆突然感到特别亲切,怎么说呢,好像见到了故人一般,难道我和那个火盆有什么渊源吗?没可能的呀。"他看着火盆直纳闷。

浩三和出江交汇了下眼神,看到出江镇定自若的样子,浩三感到了一丝安稳。

夏橘与水羊羹

剑道部的活动结束后,浩三去了趟杂物间。只看见那位老人家一个人坐在外间抽烟。"那位不务正业的公子不在。"他粗暴地说。

浩三郑重其事说了句:"打扰您了!"鞠了躬后便去了操场。夏季来临,操场显得冷冷清清,只看见两三个在练习网球的学生,原本想去远野的宿舍看看,转念一想有没有什么急事。于是作罢,离开了学校。

上一周,远野又回了一趟家,几日前,在校舍走廊里碰见他的时候,远野皱着鼻子跟浩三说:"没办法只能回去了,中元节不回家父亲会担心的,可能又要编什么弟弟生病了之类的谎言,今年过节还是老老实实回家吧。"

浩三瞥见远野身上穿着一件崭新的单衣,心里便明白了。

"给你带了特产,我现在要去听课,下次来昆虫采集部取吧。"

浩三一直忘记了这件事,今天剑道练习的时候突然记了起来，于是回去之前去杂物间看了看。尚能听见蝉鸣，已有秋高气爽之感，秋天悄无声息地到来，等待着夏天离去。浩三回忆着去年此时止婆穿着和服硬硬朗朗的样子，然后想起大约是日前远野顺嘴说出的话，他说做了一个奇怪的梦，梦里见到一个不认识的老婆婆。

同一天早上，浩一一睁开眼睛便说自己做了一个梦，梦见自己在一个陌生的神社中，也不是天满宫。正不知所措看着周围，发现一条小路上站着天狗，手里拿着八角金盘，招手让他过去。梦里虽然觉得奇怪但也并不害怕，浩一跟着天狗进到林子里，看到了一个小祠堂，里面站着一位老婆婆。浩一说那婆婆鼻子高高的眼睛大大的，用她那大大的眼睛瞪着浩一，然后趾高气扬地命令道：

"给你弟弟传个话，说我现在在家乡种田，虽说好久不干有点生疏了，但是每天都很快乐。"

浩一在梦里问婆婆："您这个年纪干农活吃不消吧？"婆婆抽动着鼻子说："说什么呢?！在我家那边我可是很年轻呢，还不到二十岁，所以没关系的。"然后一脸平静跟浩一说，"又有一个人即将离去，不要声张，安安静静送他走。你就这么转告你弟弟。"

梦到这里就醒了。浩一从未有过如此清晰的梦境，如此之真实，连老婆婆说的话都还萦绕在耳边。浩一觉得必须要告诉浩三，趁着梦里的记忆还未褪去，一定要说给他听。

听完后，浩三便知道肯定是止婆，只是老婆婆转达给他的话还不太明白。

"有一个人即将离去……"每每想起这句话,便觉得脑袋嗡嗡作响。

那日,浩一去月光堂买了两个水羊羹。一个是买给自己的,每个月末浩一都要买一个犒劳犒劳自己。另外一个给了出江,出江帮他补好了去买鱼时剐破的衣服,是作为那件事的答谢。

来到出江家门口,浩一向屋内看去。出江在窗后,对着裁衣台,刚想要打声招呼的浩一打了个激灵。出江的样子有些异样,一脸可怕的表情看着裁衣台上的布料,手里拿着剪刀却纹丝不动。在浩一看来,那样子不像是在思考,倒像是想不开。手中的剪刀左右晃动,不是要去剪布料,而是垂下来无力地晃动。呼……出江叹了口气,然后转向窗外,目光正好迎上窗外的浩一。浩一惊慌失措,出江也是吓了一跳,窗外的浩一分明看到出江脖子一僵。

"我刚刚站到这里,所以完全没看到出江你对着布料发愁的样子。"浩一撒起了谎,内心深处感觉非常抱歉,攥紧拳头紧张地站着。出江噗的一声笑了出来,不知道什么逗得她掩嘴直笑,笑得停不下来。浩一从未见过出江笑成这样,终于,出江抚着胸口停了下来,然后从窗户里看着浩一,嘟囔了一句:"谢谢你了。"

浩一搞不明白,自己还未把东西送给她哪儿来的谢谢,难道出江未卜先知早已察觉到自己的用心吗?浩一有些发怵,慌忙说了句:"打扰了!"于是进了屋子,拿出了点心。"这个,是谢礼,多谢你上次帮我补衣服。"

"特意买的吗?太客气了!"出江客气地接过来,轻轻地闻着包装纸，这个举动让浩一瞠目。出江有些不好意思了，解释道："我特别喜欢点心包装纸的香味。"

解开包装的绳子，水羊羹露了出来，出江眯着眼睛说："我们一起吃吧，我去泡茶。"于是转身去了厨房，浩一大声回答了一句"好的"便坐了下来。

水开了，浩一兴趣盎然地听着沸水咕咚咕咚的声音。

地上落下一个人影，浩一抬头一看，一个从未见过的书生站在门外。个子很高但是有些驼背，给人感觉不太牢靠。他穿着和浩三一样的校服，赤足穿着木屐。

"不好意思。"书生小心翼翼地探着头，"实在抱歉，冒昧打听一下，那家今天没有人吗？"说着手指向巷子里。浩一站起来跨过门槛，朝着手指的方向一看，低了低身子回答道："啊，那是我家，没有人吗？"

书生歪着脑袋问："你家？"然后啪的一声拍了下双手说道，"知道了，你是浩三的哥哥对吗？"

"是的，你认识我弟弟？"

"是的，他是我负责的社团的成员，嗯，虽然还不是正式成员，但也差不多了。"书生一口气说道。浩一听得云里雾里。身后响起一阵急促的脚步声，浩一转过头去解释说："是浩三的朋友。"

站在门口的出江又露出刚才在裁衣台前的表情，拿着毛巾的双手轻轻地战栗着。

"是你呀。"书生先笑着开了口，摘掉了帽子。

"之前匆匆忙忙先行告退真是抱歉，当时实在是心事重重。对了,这是你家吗?"

出江轻轻点了一下头,没有出声。

出江一向对人和蔼,今天却有些异常,有些纳闷的浩一也开始发问:"你们认识?"

"是的,去看了能乐表演。"书生还是所答非所问。

"是小浩的中学同学,叫远野。"出江小声说道。浩一终于对上了号,这就是那位浩三经常提起的喜欢虫子的学长。"我弟弟承蒙你照顾了,今天是有什么事儿吗?"

"嗯,一点心意不成敬意,我来给他送礼物的,原本说是让他去昆虫采集部的活动室来拿,三天了也不见过来,大概是剑道练习太忙忘掉了。没办法,这才决定上门,结果没有人在,真是不巧啊。但是带回家又心有不甘,就想着存放到附近,就到这里来了。正好门没关,就打了声招呼。"远野絮絮叨叨地描述。浩一痛苦地听着远野单调的描述,心想真是个絮絮叨叨的人啊。

说着,远野卸下左肩上的布袋子,得意扬扬地让浩一看。这时,一抹金黄掉落下来,一个夏天的橘子掉到了地上。远野弯着身子追过去,一边捡一边不好意思地说:"呀呀,这可丢人了。"

"送这么多,这怎么好意思。"浩一接过袋子说道。

"请笑纳,我们乡下盛产这个。"远野有些得意扬扬了。浩一感觉身后的出江在笑,静静回头一看,果然她面带微笑,只是眼眶有些湿润。

"出江?"浩一问出这句话之前,出江便转过身去跑到了厨房，没了任何动静。浩一有些不放心，准备过去看看，这时传来出江的声音："吃点水羊羹吗？"

浩一心里打起了鼓，只买了两个，是要把一个送给远野吗？这样远野和出江两个人吃？那么自己就没有了，浩一谨慎地问："吃点吗？"

远野不假思索失声喊道："水羊羹！呀，好久没吃了，我这真是用芝麻换了个西瓜啊！"远野呵呵地笑了起来，丝毫没有要客气的意思。

"浩一，不好意思，能帮我拿下茶水吗？"浩一进了厨房，看着放在盘子上的水羊羹直流口水。

"你们两个吃，我就不用了。"出江面带微笑在浩一耳边小声说道。浩一马上意识到自己的窘态拼命忍住了口水。

"这可是为了感谢出江特意买的，我不吃。"浩一说。出江摇了摇头说："心意我收到了，能看着我更开心。"

"看着？"

出江没有回答，到底是要看着谁。

"这杯是远野的，他怕烫，这杯冰了一下。"出江指着水盆里的茶杯说。

"你还蛮了解他的。"浩一说。出江露出了无可奈何的笑容。

浩一把水盆端到客厅，放在小桌上，然后招呼还在门外的远野："这边请吧。"然而远野双手直摆一脸严肃说道："不了，男主人不在我进去不好，我就在这儿就行了。"

"男主人？这儿就住着出江一个人。"浩一顺嘴说出后担心自己有些多嘴，出江可能没有听到，并没有从厨房出来。

"那就更不能进去了,不能随便进女人的房间。"不知为何远野红了脸,坐在了门口。没有办法,浩一只好将水盆端到了玄关,放在了远野旁边。浩一让远野吃水羊羹,远野毫不客气伸手拿起吃了起来。

"真是极品,多么清亮的水羊羹啊!"远野赞叹道。

听到夸赞光月堂老爷子的手艺,浩一心里暖暖的,忘记了远野吃了出江那份儿的懊恼,不时应和着。

远野将水羊羹一口气塞进嘴里,然后眼睛瞪得圆圆地呜咽了句:"简直太……太好吃了,好吃得不得了。"

"是吗是吗?"

"我不太吃点心,但是这个点心却例外,该怎么说呢,对了,品相不一样。"

浩一开始得意起来,对远野的话一一应和,自己也从盘子里拿了吃起来。突然想起出江,于是浩一回头看了看客厅。出江坐在一直没有收拾的火炉旁,静静地看着这边,不难看出,出江的眼睛并未注视浩一。她在看着远野,用一种非常怀念的眼神看着远野。

"出江,你也吃半个吧?"浩一问,出江只是摇了摇头。浩一觉得奇怪,为什么自始至终出江都如此沉默?准备继续跟出江说话,这时,喝完一盏茶的远野问道:"这是哪家店的点心呢?"

"哦,是天满宫后面的点心铺子,叫作光月堂,有位很了不起的点心师傅。"

"光月堂啊。"远野盯着空盘子自言自语道,"我想让我女朋友也尝尝,能送到国府津是最好不过了。"

"国府津?点心恐怕送不了那么远吧?是吗出江?"浩一看向会客厅的出江,却发现出江眼角湿润。浩一有些惊慌。一开始浩一就发觉出江有些不对劲儿,脸上的表情说不清楚是喜是悲。

"承蒙款待,待太久会给您添麻烦的,我就回去了。橘子先放在这里,麻烦代我向浩三问好。"

远野起身后,出江跪着往前挪了几步说道:"那个……"远野回过头来,出江却再也没说什么。正在吃水羊羹的浩一停了下来,被叫住的远野也不着急,等着出江。

外面蝉鸣阵阵,像是对逝去的夏天流连不已。

"中学念完了,你还打算继续读书吗?"出江终于开了口,脸色苍白。

"嗯,是的,您是听浩三说的吗?不过也有难题。"远野揉着自己的校服帽子,吞吞吐吐地说着,"去大学真真正正地研究昆虫是我一直以来的梦想,但是老师说我学这么不务正业的东西以后可怎么办,说以后是数理化的世界,我也不知道如何是好。"

远野叹了口气,有些垂头丧气。

"但是学习昆虫的知识应该也不是不可以吧?"出江好像是要劝阻什么。

天空突然暗了下来,浩一抬头一看,刚才还万里无云的天空此刻已是乌云密布。

"我也是这么想的,只是老师说学那个无法报效国家,最后还是劝我学习数理化。"

浩一心想,远野肯定成绩很好,所以老师们才会对他寄予厚望。

"但是学问是为了让人生活得幸福,不是吗?"出江奋力劝说,迫切的样子让身边的浩一感觉不安。

"的确如此,我想学的东西一定会在哪里派上用场,一花一草一昆虫也能从中搞出大学问,但是呢,也不能不考虑当今的世道。"

"但是无论哪个时代,也不一定就比现在好,不一定能一直过着安稳的生活,所以也不能为了国家就……"

远处传来了铃铛声,开始隐隐约约,后来声音越来越大。出江的脸色更加苍白,放在膝盖上的双手越攥越紧。出江低了低头,然后仿佛是做了什么决断一样猛然抬起头来。"今后的时代会越来越糟,你有可能会被卷入其中。"出江声音颤抖,清晰的铃铛声、木屐声、夹杂着法杖落在地面刺耳的声音一阵阵传来。"那些事情都会降临到你身上,时代变迁你是没有办法的。"

铃铛声和木屐声更响亮了,出江顿了顿,这时,外面下起了雨。

"啊,雨神,还不到收租的时候,真是奇怪。"浩一嘟囔着,远野也向外面看去。

"呀,糟了,没有带伞呢。"

"是雨神来了所以下雨,一会儿就停了。"

出江和远野的对话就此打住了。潮湿的泥土气息飘进屋内，浩一觉得这是悲伤的气息，这种感觉还是第一次。今天的雨水，感觉像是有人在哭泣般哀伤。

放学回家，走到天满宫，雨停了，浩三和远野打了个照面。

"喂，正好，我把礼物给你送过去了，你总不过来取。"

原来两个人走岔了。浩三赶紧低头认错，为自己的行为道歉，丝毫没提是自己忘记了，说自己剑道练习每天都很晚，没能抽出时间。找这样的借口浩三有点心有不安。

"没什么，也不是容易坏掉的东西，我运气挺好，碰到你哥哥，我把东西暂时交给了你哥哥，但是他又说吃了人家的水羊羹就把橘子留下什么的，我也不是很明白他的意思。对了，一起去看能乐表演的那个女人也在，橘子你和她分了吧。"

"分给出江吗？"浩三反问。

远野露出奇妙的表情叨着："是吗？她也叫出江？"继续往前走了两三步，突然停住，头也不回说道："她和国府津的那个女孩子很像，之前没太注意到。"

"啊，是很会做衣服那个……"浩三的脑袋没来由地嗡嗡作响。

"嗯，是的。"远野点着头，然后往上跳了一个台阶，兴奋地说道，"你说有没有这种可能，这个世界上还有另外一个次元，并不只有一个世界。"远野抬头看着湛蓝的天空，光束划过他的脸庞，远远看来好像是在哭泣。

蝉鸣声渐渐弱去，不知何时，草丛中的虫子开始鸣叫起来。

重启之日

银杏叶已经开始发黄。浩三一边下着台阶,一边仰头看着这些日渐变色的树木,想到不久之后可以欣赏到一片金黄色的风景,浩三一点也不觉得遗憾。

一片乌云打西边飘来,快要下雨了。浩三加快了脚步,却突然停了下来。夹着木屐带子的脚趾很痛,但是还是忍住疼痛轻手轻脚靠到了银杏树下。

出江家的门开着,雨神站在门口,怀里抱着一个大包袱,对送他出门的出江说着什么。出江慢慢点了一下头,雨神这才转身离去。丁零!铃铛声响起,法杖落在地板上,雨神的背影消失在西边的小路上,乌云渐渐散去。浩三从银杏树下走开,大跨步朝台阶上走去,现在去追就可以当面问清楚了。

——不要去!脚下响起一个声音,也许是因为天上的薄雾,影子的声音有些沙哑。——你应该已经察觉到事情的缘由了。

"我不知道什么缘由。"浩三胡乱踩踏着脚下模糊的影子，向路上冲去，一个箭步跑到长屋西边，将止婆家抛在身后，转头跑向那条小路。可是已然没了雨神的踪影。浩三沿着小路继续追，一直追到大路上也没有看见雨神，仿佛那条小路通往了另一个世界。想到这里，浩三打了个哆嗦。天空万里无云，影子清晰地映在地面，但是已不再吭声了。

无奈，浩三回到巷子里，像往常一样隔着窗户看向出江的工作间。出江像往常一样站在裁剪台前，针线在布面上游走。出江注意到了浩三，露出了以往常有的笑容："刚回来？今天好早啊！"她收起了台子上的衣服，直起腰对浩三说："喝点茶吧，不巧今天没有点心。"

"刚刚有客人吗？"浩三还是问了出来。

"怎么问这个？"

"没有，就是随便问问。"被出江盯着的浩三如坐针毡。她绕到门口坐了下来，背后响起了出江走去厨房的脚步声，确认听到了舀水声。浩三转身看了看屋内，没有发现异常。

"那个，小浩。"厨房里传来出江的声音，浩三一个激灵，赶紧背过身去。"过一阵子我可能会不在家，如果你想一个人安静学习看书什么的就过来吧，不要客气。"

浩三感觉手心发凉。"不在家？是要去哪里？"

"稍微远点的地方。"

"是去年回去的地方吗？有橘子的那个地方？"

"不是，这次不是那个地方，我已经见不到那里的人了。"

"为什么？没有亲戚朋友或是别的什么人吗？"

很久，不见出江作声。身后一阵脚步声由远及近，响起了放置茶杯的声音，焙茶的香气飘来。"那些都是很久之前认识的人了，我也必须要回去了。"

"回去？回哪里？"浩三转身看着客厅里的出江，出江依旧笑眯眯地看着浩三，神情自若，并不像浩三那般哀伤惊恐。

"原本在的地方。"

"出江，你哪里还有一个家是吗？"

出江不说话，只是转动着手中的茶杯。

浩三追问："要在那边待多久？"

"还不知道。"

"还会回来的吧？"

出江没有点头，却清晰地回复浩三："是的。"然后就进了工作间，继续做衣服。

"这件是给小浩你做的。"出江微笑着拿起做好的夹衣给浩三看。

"啊，为什么给我做衣服？"家里应该是没有闲钱可以给他做新衣服的，光是负担学费就已经很吃力了，浩一每天早早开店，就连母亲也会在休息日去朋友店里帮忙补贴家用。家里只有他一人可以开心上学，甚至是专心于剑道练习，浩三经常为此羞愧不已。

"我就想试着做做看，想试试丝线铺青年给我的新丝线，是人造丝的，可是完全看不出来，手感很好呢。"随后她又嘱咐浩三只是做着玩儿的，让他收下，不要有心理负担。

浩三心里暗潮涌动，出江不应该会连手工费都不要给他做新衣服的。她之前说过，不管是她求别人还是别人求她做衣服都觉得不自在，如果是工作接受起来就容易多了，虽然之前也给浩三补衣服或是做手袋作为庆祝浩三顺利升学的礼物，但是如此正式做和服还是第一次。

"还有一件事情。"浩三的目光停留在客厅里止婆的腌梅坛子上。也许是她感觉自己即将远去，才将这坛子托付给了出江。"你和远野，要一直好下去，他可是非常信赖你的。"

"怎么突然说这个？"浩三抱着夹衣低垂着头，再次小声询问着。出江只是静静地笑着，然后跟浩三说："你是看得清现实的人，所以能够帮到他。虽然未来无法改变，但是只有和你在一起，他才能看到更广阔的世界。"

不知从何处传来了铃声，天空又一次暗了下来。

"拜托你帮我看家了，这里的东西就都不要了，只要你能好好守着那个人就足够了。"

"喂，浩三！"巷子里传来叫喊声，浩三往外一看，原来是浩一。和出江点头问好后，浩一走了过来。"你怎么还在这里，母亲都生气了，明明跟你说过让你早点回来帮忙的，我吃了午饭还要过来，一起走吧。"

浩三脑中一片空白，完全无法回应浩一。看到弟弟这个样子，浩一笑着问："怎么了？是不是还要学习？那我帮你寻个借口就成了。"

浩三摇摇头说了句："我去帮忙。"于是站了起来，心绪不宁地回头叮嘱出江说:"出江,出门前一定要告诉我一声,我还想和你好好聊聊。"

"好的。"出江的声音仿佛是在安抚浩三。

第二天,浩三去出江家里,已然不见出江的身影。小桌子、火炉、裁衣台、小抽屉都原模原样放在那里,房间收拾得干干净净,好像许久没有人住过般冷清。房中丝毫没有人气,原来房间中瑞香花的香气也一扫而空。

裁衣台上放着一件做好的衣服,是那件给浩三做的夹衣。除此之外别无他物,连封信都没有。浩三没有把衣服带回家,想等出江回来后再拿。

五天过去了,七天过去了,出江还是没有回来。除了上学和在店里帮忙,浩三基本上都待在出江家里,他跟母亲说想要一个人学习。

母亲难为情地说:"虽然出江不在,但是总是会给人家添麻烦的。"

浩三终于没那么紧张了,母亲还没有忘记出江,没有像止婆消失不见时一样说:"那人是谁?"所以,出江一定会回来的。

那是在出江不在的第九天的傍晚,躺在出江家里看书的浩三,听到一阵木屐声传来。他心脏怦怦直跳,赶紧站了起来,满心期待着门口。门开了,浩三失望了,叹了口气。

"怎么不是出江?"站在地上的丝线铺青年抢先开了口,

这句话原本浩三也想说来着。

"出江还是不在吗?这段时间也不见她来订货。"

"说是会有一段时间不在。"

"一段时间?是去旅行了吗?还是回老家了?我只是顺路来问候问候,还是改天再来吧。"说完便转身准备离去,却突然拍了下手回过头来面露喜色说了句:"对了!之前我做的丝线小出特别喜欢,说是要用它做点什么,我特别期待呢,莫不是给我做件衣服?"

浩三瞥了一眼裁衣台上的衣服,那件衣服就躺在那里。

"出江说了,是要做给一直照顾她的人,我想除了我也没别人了吧,特别想看到东西做出来是什么样。"丝线铺青年说得唾沫星乱飞,然后继续说道,"而且,她说这话的时候我有点心动了。她说是想做给'一直对我们特别关照的人',这是什么话呢?小出可是一个人呢。"

银杏叶已经完全变黄了,树叶开始枯萎。

出江还是没有回来。

母亲不再念叨出江怎么还不回来,浩一也不再说起"出江不在,长屋里好像都不怎么有人气了"之类的话。

那天傍晚,浩三在店里帮完忙去了出江家,却发现客厅里的火炉不见了,是那个止婆经常坐在旁边打盹的圆形火炉。心中升起一种不祥的预感,却又想拼命否认。"一定是被偷了,一定是进贼了。"

于是那天晚上,浩三住在了出江家里,用杠子顶了门,西边的窗户也锁上了，确信睡觉的时候没有听到任何动静。即便这样，早晨起来还是发现小桌子不见了，顶门的杠子还在，屋子里不像进过人的样子，其他东西也都还在。如果说是被贼盯上了，工作间里的小抽屉却安然无恙。

那天以后，出江家里的东西每天都会消失一点，放在水池里的锅、厨房里的水桶、工作间里装饰的花瓶、放在地上的扫帚、出江最最珍爱的裁衣剪刀和针线包……浩三束手无策，只能任其消失。

于是，浩三只要回到家里，就拼命说起出江的事情。晚饭时跟母亲和哥哥确认出江何时回来，已经成了每日的必修课。每每此时，母亲和哥哥都会毫不关心地说："最近就会回来。"

银杏落叶将路面染得金黄，不知不觉已是深秋。当浩三再次问起出江，母亲皱着眉头反问："出江？出江是谁？"

浩三拿在手中的筷子停在了空中，后背阵阵发凉，直到浩一笑着说："妈妈，你忘了吗？"浩三这才长舒一口气。"出江就是那个出江呀，丈夫去世后搬到这里的。"

浩三第一次听到此事。"出江吗？什么时候说过这事儿？我怎么不知道。"浩三被吊起了胃口。浩一也是一脸惊奇停下了手中的筷子，然后食指抵着下巴扭了扭脖子。"唉？感觉是最近才说过的，难道是梦里梦见的？还是她真的说过？"

"哥哥，你好好儿的，到底是怎么回事？"浩三咄咄逼人，浩一却一副快哭的样子，挠头挠了好久，最后还是说："我真想不起来什么时候听说的了。"

"明天我一定能想起来,捕风捉影的事情不知道怎么就记住了,你也就当真了。"浩一看着浩三回答道,然后继续开始吃饭。

可是,第二天一早,浩三去问浩一:"想起昨天的事情了吗?"浩一一脸迷茫:"昨天的什么事情?"

"你别打马虎眼,就是出江的事情。"浩一更是摸不着头脑了。

"出江?出江是谁?"

浩三迎着朝雾跑向出江家。在门口,浩三停下了脚步,深呼吸一口,然后一把推开门。昨天还在的那个止婆的腌梅坛子不见了,工作间里的布料也不见了,连一直被供奉着的《花传书》也不见了。只有裁衣台和裁衣台上的小抽屉还安然无恙,屋子里基本上是空空如也。

"这一天终于来了。"浩三迎着朝日照在墙上的影子说。

"和那个老婆婆消失的时候不太一样呀。"浩三走进工作间,站在了架子上的小抽屉前。

之前浩三总是认为,如果看了里面的东西,出江就不会再回来了,所以一直没有碰它。浩三对着它站了很久。不知何时,影子消失了。浩三轻轻点了点头,将小抽屉取了下来,坐好后深吸了一口气,然后打开了小抽屉。

里面还是和之前无意间打开时一样。那把刻着"TONO"的旧放大镜依旧躺在那里。那张被包起来的纸片清晰可见,浩三伸出手去,将纸片拿了过来,影子什么话都没有说,悄悄潜入屋中。

浩三小心翼翼地拨开纸片上包的纸，颤抖的双手几度险些弄破那薄纸。他一个劲儿地流汗，汗水浸透了脊背，一番周折后终于打开了。是一张照片、一张结婚照片，穿着和服礼服的青年正是远野。照片上的远野比现在身材更魁梧脸庞更有棱角一些，但是那不认生的眼神和略微驼背的站姿还是没有改变。他低垂着眼睛看着戴着和服帽子的新娘。出江没有太大变化，身上那种温柔的气质和他熟悉的出江相差无几。浩三终于知道，出江和远野曾经度过了那么一段幸福的生活，而照片上的幸福美好，好像从未改变过一般。

浩三重新把照片包了起来收进小抽屉，犹豫着是否要将它带走，最终还是保持原样留在了那里。出江说过："这里的东西什么都不用留下，不用守着。"

浩三拿起裁衣台上的衣服离开了出江家，头也不回径直回到了自己家中。

浩三再次将生活重心放在了学校。

开年时，出江家里已是空无一物了。过了一段时间，一对新婚夫妇住进了那里，雨神也再未现身过，店铺的租金由住进止婆家的老头来收。老头跟街坊们说自己是房东雇来收房租的住客。

远野还是沉迷于昆虫，每当浩三去杂物间时，远野都是对着图鉴或是标本，然后一脸严肃地对他说："你也认为冬天没有昆虫对吧？其实，这个季节它们还活着，它们只是潜入地下为再次活动做着准备。"

有时浩三会想,现在还无法为远野做些什么吧?但是,会发生什么、远野会怎样,未知的事情实在太多,那个影子也再未告诉过浩三任何事情。腊月的一天,影子说了句:"接下来,你真的要进入现实了。"之后就再未出现过。

"对了,我有件事情要诚恳地拜托你。"远野将眼睛从标本上移向浩三。

"什么事情?无论是什么我都帮你。"浩三急切地回答道。

"没那么夸张。"远野略微弯着腰继续说道,"就是那个女孩子,国府津那个。"

浩三屏住了呼吸,也许是忌惮屋内的勤杂工,远野放低了声音。"这周周末,她要来东京。什么眼神?不是专门来见我的,好像是堂兄弟还是什么的在这里工作,来看他,顺便见见我。"仅仅这几句话,远野的脸已经红得像苹果了。

"我想带她去看看歌舞伎表演什么的,可是两个人走在外面,怎么说呢,总觉得做派不好。"

"怎么会呢?好不容易见一面。"

"呀,我在学校里可是很正派的,要是被别人看见了不太好,而且就我们两个人的话也挺无聊的。"远野急急忙忙摆出一堆自寻烦恼和自以为是的理由。

"那么你要我帮你做什么呢?"

"你也来吧。"

"什么?我?"

"那还能有谁。"

浩三的胸口怦怦直跳,激动、犹豫、不知如何是好,众多情绪一涌而起。浩三不敢去,但还是会去。

"她说想来学校转转,如果要来学校更不能两个人了,万一被宿舍里那帮人看到了可不好,你不是有个姐姐吗?万一被看到了就说是你姐姐。"

"我姐姐早就嫁人了,住在很远的地方。"

"细节再议,总之还是三个人一起不那么惹眼,就拜托你了,可一定要来。"

那是个晴朗的冬日,正月刚过,天空中飘着几只风筝。浩三不时仰头欣赏着天上的风筝,慢慢向学校走去。出门时,母亲责骂道:"今天不是周日吗?不上学的吧,你莫不是为了逃避劳动才装作去学校?"

这一天,浩三穿着出江做给他的夹衣配着裤裙。裤裙穿去练习剑道,沾上了些汗味,但是崭新的白色夹衣和藏青的裤裙显得格外搭配。

浩三慢慢走向学校,呼吸越来越紧,该以何面目相见呢。想到对方还不认识自己,又稍稍放心下来。

学校渐渐出现在眼前,周围响起一阵阵啾啾的鸟鸣。穿过校门不久,远远看见操场中间两个人的背影。穿着小仓棉裤裙的远野指着校舍在给对方说着什么,女孩子穿着红色和黄绿色的格子衣服,那一抹朱红色的束带很是鲜艳。对远野的话她一一点头,时不时听见几声笑声。

多么般配!两人站在一起,仿佛从未经岁月洗涤,依旧静好。

一切重启了,无论以后会怎样,也无妨如此绚烂的开始。此时此刻的浩三被这美丽的景象深深地震撼着。

听到脚步声,远野看了过来,看见浩三后招着手大声呼喊:"喂!来得正好,这边这边!"

旁边的女孩子听到远野突如其来的呼喊声抬起头来,缓缓向浩三这边看来。

参考文献

1.《青猫——萩原朔太郎诗集》，萩原朔太郎，集英社文库，1993年。

2.《世阿弥》，山崎正和责编，日本名著10，中央公论社，1969年。

3.《花传书》(《风姿花传》)，世阿弥编，川濑一马校注·现代文翻译，讲谈社文库，1972年。

4.《连歌论集·能乐论集·俳论集》，伊地知铁男、表章、栗山理一校注·翻译，日本古典文学全集51，小学馆，1973年。